MAGIC GIRLS

Der verhängnisvolle Fluch

978-3-7607-2823-0

Das magische Amulett

978-3-7607-2824-7

Das Rätsel des Dornenbaums

978-3-7607-4055-3

Gefangen in der Unterwelt

978-3-7607-4179-6

Die große Prüfung

978-3-7607-5055-2

Späte Rache

978-3-7607-5230-3

In geheimer Mission

978-3-7607-6378-1

Die Macht der Acht

978-3-7607-6680-5

Auch zu bestellen unter:
www.arsedition.de

Marliese Arold

MAGIC GIRLS

Das magische Amulett

arsEdition

Bibliografische Information der Deutschen Nationalbibliothek
Die Deutsche Nationalbibliothek verzeichnet diese Publikation in der Deutschen Nationalbibliografie; detaillierte bibliografische Daten sind im Internet über http://dnb.d-nb.de abrufbar.

11 10 9 13 12 11

Text: Marliese Arold

Umschlaggestaltung, Layout und Illustration: elektrolyten, Petra Schmidt, München

ISBN 978-3-7607-2824-7

www.arsedition.de

Inhalt

Übung macht den Hexenmeister

Elena blätterte lustlos in ihrem Mathematikbuch. Die Zahlen verschwammen vor ihren Augen, ohne dass sie einen Sinn darin erkennen konnte. Sie stöhnte.

»Eigentlich idiotisch, was wir hier in der Menschenwelt alles lernen müssen«, murmelte sie und reckte den Hals, um zu sehen, was Miranda, die ihr gegenübersaß, so eifrig in ihr Heft schrieb.

Die beiden Mädchen saßen zusammen an dem großen Wohnzimmertisch und machten Hausaufgaben. Von ihrem Platz aus hatte Elena das Terrarium mit dem Grünen Leguan im Blick. Es stand im Erker und die Strahlen der Nachmittagssonne spiegelten sich im Glas. Der Leguan war vor seinem Futternapf eingeschlafen und döste seit einer halben Stunde reglos vor sich hin.

Elena seufzte. Armer Papa! Sie hätte ihm so gerne geholfen! Aber der Hexenfluch, der ihn in einen Leguan verzaubert hatte, war zu mächtig, und bisher hatte noch niemand aus der Familie herausgefunden, wie man Leon Bredov zurückverwandeln konnte.

Elena versuchte, sich wieder auf Mirandas Heft zu konzentrieren. Es war nicht einfach, die Zahlen, die auf dem Kopf standen, zu lesen. Wozu hatte

Elena nur in der letzten Zeit jeden Tag zwei Stunden für ihr Hexendiplom gebüffelt? Sie streckte den Arm aus.

»Ich will was von dir!
Los, flieg rüber zu mir!«

Ein Fingerschnippen – und schon kopierte sich der Hefteintrag auf ein durchsichtiges Blatt, drehte sich in der Luft und ließ sich auf Elenas Mathematikheft nieder, wo die Kopie mit dem Papier verschmolz. Elena lächelte.

»Na bitte, geht doch.«

Miranda blickte etwas unwillig auf und strich ihr hellblondes Haar zurück. »Du sollst nicht immer die Aufgaben aus meinem Heft kopieren. Auf diese Weise lernst du Mathe garantiert nie!«

»Muss ich das unbedingt?«, fragte Elena. Sie verstand nicht, wie sich Miranda für all diese komplizierten Formeln und Zahlen begeistern konnte.

»Mathematik ist hochinteressant. Und die Gesetze gelten überall – hier und bei uns zu Hause. Sie sind sozusagen ... universell.« Miranda legte den Füller beiseite. »Mathe wird dir also auch nützen, wenn wir in die Hexenwelt zurückgekehrt sind.«

»Aber bis dahin dauert es noch fast fünf Jahre.« Elena verdrehte die Augen, als sie sich den langen Zeitraum vorstellte.

Elena und ihre Familie waren zurzeit im HEXIL. So nannte man einen längeren Aufenthalt in der Menschenwelt. Sie sollten sich unauffällig unter die Menschen mischen und möglichst nicht öffentlich zaubern, damit niemand sie als Hexen erkannte. Außerdem hatte Familie Bredov eine besondere Aufgabe: Sie sollte die Sitten und Gebräuche der Menschen untersuchen und das Wissen über den *Homo sapiens sapiens* auf den neuesten Stand bringen. Das Buch

Vom Umgang mit Menschen, das vor vielen Jahren ein gewisser Zauberer namens Adrian Freitag Zwigge verfasst hatte, war schon ziemlich veraltet und viele Eintragungen stimmten nicht mehr.

Anweisungen für Hexen im HEXIL:

Verhalten Sie sich unauffällig! Die Menschen dürfen nicht herausfinden, wer Sie wirklich sind. Studieren Sie ihre Regeln und Gebräuche und ahmen Sie ihre Sitten nach! Passen Sie sich an!

Hexen Sie möglichst nicht in der Öffentlichkeit!

Verwenden Sie zur Fortbewegung keinen Besen!

Verraten Sie keinem Menschen, wer Sie in Wirklichkeit sind und woher Sie kommen!

Experimentieren Sie bei Problemen nicht auf eigene Faust!

Wenden Sie sich bei Schwierigkeiten und Fragen an Ihren zuständigen Hexilbeauftragten!

Der Aufenthalt bei den Menschen war allerdings nicht ganz freiwillig. Großmutter Mona hatte die Sache ins Rollen gebracht. In der Hexenwelt hatten die Bredovs nämlich ihr Ansehen verloren, denn Papa Leon war von den Zauberrichtern verurteilt und in einen Leguan verwandelt worden. Man beschuldigte ihn, schwarze Magie betrieben und Umgang mit den verbotenen *Schwarzen Zauberkutten* gehabt zu haben. Elena glaubte keinen Augenblick lang daran, dass ihr Vater wirklich solche Dinge getan hatte.

Leider hatte man vor Gericht Leons Unschuld nicht beweisen können. Es war für die Bredovs ganz schrecklich gewesen: erst Leons Verwandlung, dann die Aberkennung aller gesellschaftlichen Rechte und zuletzt noch der Umzug in eine ganz miese Wohngegend, wo es achtzehn Stunden pro Tag regnete. In der Hexenwelt hätten Elena und ihre Geschwister Daphne und Rufus auch nicht mehr Zauberei studieren dürfen. Aber nach der Zeit im HEXIL würde hoffentlich alles anders sein …

Wenigstens war Miranda Leuwen, Elenas beste Freundin, ins HEXIL mitgekommen. Sie war dreizehn Jahre alt – genau wie Elena. Die Bredovs hatten beschlossen, Miranda als Elenas Kusine auszugeben, deren Eltern gestorben waren.

In Wirklichkeit lebten Mirandas Eltern noch und warteten in der Hexenwelt auf Mirandas Rückkehr. Miranda war sehr ehrgeizig und überzeugt davon, dass sich ein Aufenthalt in der Menschenwelt später einmal gut in ihrem Lebenslauf machen würde … Ihr größter Wunsch war es, eines Tages Diplomatin zu werden und zwischen den Hexen und den Menschen vermitteln zu können.

»Du solltest dich wenigstens bemühen, Mathematik zu verstehen«, sagte Miranda jetzt und sah Elena ernsthaft an.

»Das hält dein Gehirn fit – und das brauchst du ja schließlich auch beim Zaubern.«

»Okay.« Elena rollte mit den Augen. Miranda konnte manchmal ziemlich hartnäckig sein, da war es besser nachzugeben. Elena griff in ihre Schultasche, um den Zirkelkasten herauszunehmen. Da raschelte etwas in ihren Fingern. Nanu, ein Zettel? Elena fischte weiter in der Tasche herum und zog schließlich einen weißen Umschlag heraus. »Für Elena« stand auf dem Kuvert, handgeschrieben mit grünem Filzstift. Die Schrift kannte Elena nicht.

»Post?«, fragte Miranda neugierig. »Ein Liebesbrief?«

»Quatsch, wer soll sich denn in mich verlieben?«, entrüstete sich Elena. »Vielleicht ist es ja ein Drohbrief …« In ihrer alten Schule war sie zuletzt gemobbt worden, weil alle wussten, dass ihr Vater verurteilt worden war. Elena hatte Angst, dass so etwas auch hier beginnen könnte. Sie zögerte und widerstand dem Impuls, den geheimnisvollen Umschlag gleich aufzureißen.

»Mach den Brief schon auf«, drängte Miranda.

»Und falls eine Briefbombe drin ist?«, fragte Elena. Sie hatte gehört, dass in der Menschenwelt manchmal fiese Sachen in harmlos aussehenden Briefumschlägen steckten. In der Hexenwelt gab es Ähnliches – beispielsweise einen Fluch, der einem vierzehn Tage lang grüne Pusteln bescherte, wie es Elena einmal erlebt hatte, drei Wochen nach Papas Verurteilung. Der Absender war einer ihrer Klassenkameraden gewesen, der das Ganze wahnsinnig komisch fand.

»Warte, ich checke vorsichtshalber mal kurz den Inhalt.« Miranda streckte den Finger aus. Der Umschlag in Elenas Hand begann zu dampfen. Rosafarbener Rauch stieg auf und formte sich in der Luft zu einem Herz.

»Na also«, sagte Miranda zufrieden. »Doch ein Liebesbrief. Du weißt doch, für so was hab ich einen Riecher.«

Elena errötete. In der Hexenwelt hatte Miranda immer zuerst gewusst, wer in ihrer Klasse verliebt war – manchmal, bevor es dem Betreffenden selbst klar gewesen war.

»Menschen können sich ganz anders verhalten«, meinte Elena.

»Glaub ich nicht.« Miranda schüttelte den Kopf. »Schließlich hatten Hexen und Menschen irgendwann einmal gemeinsame Vorfahren. Ich versichere dir – es gibt mehr Gemeinsamkeiten, als du denkst.«

Elena zuckte die Achseln. Sie wollte jetzt nicht diskutieren, sondern endlich den Brief lesen. Sie nahm ihr Lineal und

Fünf Anzeichen, woran jeder erkennt, dass eine Hexe verliebt ist

frei nach Miranda Leuwen

- glänzende Augen
- die Stimmung schwankt total, und zwar von einer Minute zur anderen
- Zerstreutheit bzw. häufiges Vor-sich-hin-Starren und dabei in die Luft lächeln
- Eine verliebte Hexe »verhext« sich öfter
- Eine verliebte Hexe fliegt mit ihrem Besen weite Umwege, nur um »zufällig« ihrem Schwarm zu begegnen

schlitzte damit ungeduldig den Umschlag auf. Im Innern steckte ein Blatt, das aus einem Schulheft herausgerissen war. Auf dem Zettel stand:

Hallo Elena,

seit ich dich zum ersten Mal gesehen habe, gehst du mir nicht mehr aus dem Kopf. Ich glaube, ich habe mich in dich verliebt. Aber vielleicht hast du ja schon einen Freund. Kannst du morgen einen roten Pulli tragen, wenn du momentan Single bist?

Ein Unbekannter

PS: Rote Bluse geht auch!

Wortlos schob Elena den Brief über den Tisch, damit Miranda ihn auch lesen konnte.

»Du hast einen heimlichen Verehrer.« Miranda kicherte. »Ich hab's geahnt. Die Jungs stehen auf dich. Sie finden deine roten Haare unwiderstehlich.«

»Aber wer hat das geschrieben?«, fragte Elena, die nicht glauben konnte, dass der Brief wirklich ernst gemeint war. Vielleicht wollte jemand sie auf den Arm nehmen.

»Vielleicht ein Junge aus unserer Klasse?«, überlegte ihre Freundin Miranda.

»Das hätte ich doch gemerkt«, sagte Elena zögernd. Sicher war sie sich nicht. Sie kannte sich in Liebesdingen längst nicht so gut aus wie Miranda, die sich für das Thema schon viel länger interessierte. Elena war froh, dass sie sich bisher noch nicht verliebt hatte. Für eine Hexe war so etwas nicht ganz ungefährlich. Zaubersprüche hatten dann eine ganz andere Wirkung, waren stärker oder schwächer als sonst und kehrten sich manchmal sogar ins Gegenteil um. Das erlebte Elena momentan hautnah bei ihrer fünfzehnjährigen Schwester Daphne. Ihre wechselnden Stimmungen waren einfach nur grässlich und sehr schwer zu ertragen für alle, die mit ihr zusammenleben mussten. Und dann gab es auch noch die *Amormagie* – das waren nächtliche Erscheinungen, während die verliebte Hexe schlief und träumte. Aus den Träumen entstanden Gestalten, die durchs Haus wanderten, Wände durchdrangen und dann vor den Betten der anderen Schläfer und Mitbewohner stehen blieben. Wirklich gefährlich war so etwas zwar nicht, aber Elena war erst neulich fürchterlich erschrocken, als ein Drache in ihr Zimmer gekommen war und seinen Feuerhauch über ihre Bettdecke geschickt hatte. Elena war im Bett hochgeschossen. Sie hatte automatisch die Finger ausgestreckt und einen Abwehrzauber ausgesprochen. Der Drache löste sich sofort in nichts auf; er war ja nur ein reines Phantom, entstanden aus Daphnes Fantasie, ohne eigene Substanz … Trotzdem war Elena noch eine Weile mit heftig klopfendem Herzen dagesessen, bis sie sich beruhigt hatte.

Angenommen, Elena oder Miranda würden sich verlieben und müssten auf Klassenfahrt gehen – nicht auszudenken, was da passieren konnte!

»Wenn du willst, kann ich rausfinden, wer dir diesen Brief geschrieben hat«, meinte Miranda. »Komm mal zu mir rüber, Elena.«

Elena stand auf und umrundete den Tisch. Als sie neben Miranda stand, strich ihre Freundin mit der Handfläche über den Zettel.

»Ich werde einen *Spiegelzauber* anwenden«, sagte sie. »Der gehört schon zur höheren Zauberei. Schau genau hin, ob du den Jungen kennst.« Sie murmelte ein paar Worte in der alten Runensprache, von der Elena keine einzige Vokabel

Wie man lästige Amormagie abwehrt

Aufrecht sitzen und den Finger in Richtung des Phantoms ausstrecken.

Dabei sprechen:

»Zeig dein Gesicht!
Bleib sofort stehen!
Es gibt dich nicht
und du kannst gehen!«

verstand. Miranda war schon viel weiter in höherer Zauberei als sie. Wegen Papas Verurteilung war es Elena nicht erlaubt gewesen, die höhere Zauberei zu erlernen. Das Verbot war erst im HEXIL aufgehoben worden, deswegen war Elena noch bei der ersten Lektion.

Bewundernd sah sie zu, wie ihre Freundin zauberte. Die Schrift auf dem Brief verblasste. Das Papier schien sich in eine Wasserfläche zu verwandeln. Dann formte sich im Wasser ein Gesicht. Ein Jungenkopf mit hellen blauen Augen. Er hatte einen rötlichen Haarschopf und viele Sommersprossen.

»Dd… ddas ist ja Kevin!«, platzte Elena überrascht heraus.

Das Bild verschwand sofort. Der Zettel war patschnass. Die Flüssigkeit, grünlich verfärbt durch den Filzstift, tropfte auf Mirandas aufgeschlagenes Mathematikbuch und hinterließ dort hässliche Flecken.

»Mist«, sagte Miranda und brachte schnell das Buch in Sicherheit. »So gut kann ich den *Spiegelzauber* auch noch nicht. Ich fürchte, der Brief ist total hin, Elena. Tut mir leid. Vielleicht wolltest du ihn als Andenken aufheben, weil es dein erster Liebesbrief ist.« Sie knüllte den nassen Zettel in der Hand zusammen.

»Kevin«, wiederholte Elena fassungslos. Kevin war der Bruder ihrer Menschenfreundin Nele Hermann. Er war fünfzehn, und Elena hatte bisher nur zweimal kurz mit ihm geredet, als sie Nele besucht hatte. Und der sollte sich in sie verliebt haben? Sie schüttelte den Kopf. Das war doch unmöglich, oder? Wahrscheinlich hatte sich Kevin nur einen Scherz erlaubt.

Miranda grinste breit. »Na, dann viel Spaß mit Kevin! Es muss ihn ja schlimm erwischt haben, wenn er dir so einen Liebesbrief schreibt. Was wirst du ihm denn antworten? Ziehst du morgen was Rotes an?«

»Kevin meint das nicht ernst«, sagte Elena. »Der will mich nur an der Nase rumführen. Und er lacht sich tot, wenn ich drauf reinfalle.«

Miranda schüttelte energisch den Kopf. »Glaub ich nicht. Kevin ist wirklich in dich verknallt, sonst hätte ich nicht gewusst, dass es ein Liebesbrief ist. In Liebesdingen macht man mir so schnell nichts vor. Ich besitze ein Gespür dafür, ehrlich! Ich hab ein Kribbeln in den Fingerspitzen gespürt, als ich den Umschlag angefasst habe. Das sind echte Gefühle, Elena! Meine Fingerspitzen lassen sich nicht belügen.«

Elena nagte an ihrer Unterlippe. Sie wusste nicht, was sie von all dem halten sollte. Einerseits fand sie es schmeichelhaft, dass sich Kevin in sie verliebt hatte. Andererseits – sie kannten sich ja so gut wie gar nicht!

»Ich hab doch kaum mit Kevin geredet«, murmelte sie. »Wie kann er sich da in mich verknallt haben? Er weiß doch überhaupt nicht, wie ich so bin … und er ahnt nicht, dass ich in Wirklichkeit eine echte Hexe bin!«

»Und das wirst du ihm auch auf keinen Fall sagen«, betonte Miranda. »Du weißt, dass wir unerkannt bleiben müssen. Niemand darf wissen, dass wir hexen können. Jana und Nele sind eine Ausnahme, die sind schließlich unsere allerbesten Freundinnen. Sie helfen uns, wenn wir uns mit irgendetwas in der Menschenwelt nicht auskennen, und sie würden uns nie verraten!«

Elena nickte. Sie kannte die Regeln für das HEXIL, Großmutter Mona hatte sie der ganzen Familie oft genug vorgebetet. Die Hexen durften um keinen Preis auffallen und erkannt werden.

»Es war bei Kevin wahrscheinlich Liebe auf den ersten Blick«, überlegte Miranda laut. »Anscheinend gibt es so was auch bei den Menschen, nicht nur bei uns Hexen. Das müssen wir unbedingt für unsere Forschungsarbeit notieren, das ist eine wichtige Erkenntnis.«

Miranda war sehr ehrgeizig, was das Forschungsprojekt über die Menschen betraf. Das hing mit ihrem Berufswunsch Diplomatin zusammen. Sie studierte sehr gründlich Zwigges Werk und kannte inzwischen manche Passagen fast auswendig. Sie und Elena hatten aber auch schon herausgefunden, dass das Buch an einigen Stellen überhaupt nicht stimmte und Zwigge vermutlich seiner Fantasie freien Lauf gelassen hatte.

»Zwigge behauptet, dass sich Mann und Frau in der Regel nur verlieben, wenn sie sich schon lange kennen«, fuhr Miranda nachdenklich fort. »Angeblich heiraten sie hauptsächlich deswegen, weil sie Kinder haben und eine Familie gründen wollen. – Ich habe mir immer vorgestellt, dass die

Liebe bei den Menschen ziemlich langweilig sein muss. So ganz ohne Leidenschaft …«

»Langweilig?«, stieß Elena aus. »Bestimmt nicht! Hast du schon vergessen, wie sich dieser Professor Strohmann an meine Mutter rangeschmissen hat?« Sie erinnerte sich schaudernd daran, wie sich ihre Mutter und der Zoodirektor geküsst hatten.

»Wenn da keine Leidenschaft im Spiel war … zumindest bei Strohmann!«

»Vergiss nicht, dass deine Oma an dem Abend mit *Waselnussöl* nachgeholfen hat«, erinnerte Miranda sie. »Waselnussöl verhext die Männer. Es macht sie völlig konfus, sodass ihre Instinkte hervorbrechen.«

Elena sah vorsichtig zum Terrarium. Der Grüne Leguan hockte noch immer unbeweglich im Sand. Elena wusste nie, wie viel ihr Vater von dem verstand, was um ihn herum vorging. Manchmal war sie überzeugt, dass er alles kapierte und still vor sich hin litt. Armer Papa!

»Was machst du jetzt mit Kevin?«, hakte Miranda nach.

Elena zuckte mit den Schultern. Auf keinen Fall würde sie morgen etwas Rotes anziehen und Kevin damit signalisieren, dass sie an ihm interessiert war.

»Ganz einfach, ich tue so, als hätte ich den Brief nicht bekommen.«

»Das ist feige«, meinte Miranda. »Und außerdem finde ich das langweilig.«

»Na und? Das ist mir völlig egal. Und Kevin ist mir auch egal, er interessiert mich weniger als ein Koi-Karpfen«, erwiderte Elena genervt.

»Willst du echt nicht herausfinden, wie Menschenjungen küssen? Also – ich bin schon neugierig! So eine Gelegenheit muss man doch nutzen! Nur so kann man rauskriegen, wer besser küsst – Menschen oder Hexer!« Miranda grinste.

Elena fragte sich, ob Miranda ihre Freiheit ausnutzen wollte, denn Mirandas Eltern waren in der Hexenwelt geblieben. Miranda hatte Elena ins HEXIL begleitet, damit sich ihre Freundin in der Menschenwelt nicht einsam fühlte – und natürlich auch, weil sie sich Vorteile versprach, was ihre späteren Berufsaussichten als Diplomatin anging. Aber war das alles? Zum ersten Mal hatte Elena den Verdacht, dass Miranda auch mitgekommen war, weil sie Menschenjungs kennenlernen wollte – diese fremdartigen, exotischen Geschöpfe …

»Ehrlich, Miranda, ich kann dich überhaupt nicht verstehen.« Elena runzelte die Stirn. »Ich habe nicht das geringste Bedürfnis, Kevin zu küssen – damit du es weißt! Ich überlasse ihn dir gerne.«

»Na ja, Kevin ist auch nicht unbedingt mein Fall«, sagte Miranda und lächelte. »Aber an unserer Schule gibt es noch jede Menge anderer Jungs, und ich bin sicher, dass einer dabei ist, der mir gefällt.«

Elena wunderte sich immer mehr. Miranda, die sonst immer sehr vorsichtig und vernünftig war, redete ja schon beinahe so wie Daphne! Die behauptete, noch immer furchtbar in Gregor van Luren, der in der Hexenwelt geblieben war, verliebt zu sein. Jedes Mal, wenn sie mit ihm per *Transglobal-Kommunikator* redete, machte sie ihm schreckliche Eifersuchtsszenen. Doch seit gut einer Woche traf sie sich mit einem Jungen aus der Menschenwelt. Er ging in die elfte Klasse und hieß Alexander. Elena hatte Daphne dabei beobachtet, wie sie ihn heftig geküsst hatte, als er sie nach Hause gebracht hatte. Und weil Daphne noch nie großen Ehrgeiz gezeigt hatte, was das Forschungsprojekt anging, nahm Elena an, dass Daphne Alexander aus reinem Vergnügen geküsst hatte. Was Gregor wohl dazu sagen würde, wenn er davon erfuhr? Aber das schien Daphne nicht die geringsten Sorgen zu bereiten …

»Vielleicht sind Jungs ja gar nicht so schlecht wie ihr Ruf«, murmelte Elena und dachte an den Abschnitt in Zwigges Buch, den ihr Miranda neulich spöttisch gezeigt hatte.

Der juvenile Homo sapiens sapiens, männlich

(auch Menschenjunge genannt)

Während der Pubertät (etwa von 12 bis 19) sind diese Wesen meistens sehr unausgeglichen und ohne Antrieb. Man spricht von den Flegeljahren. Sie brüllen beim geringsten Anlass, um ihren Unmut kundzutun, und manchmal schlagen sie auch wild um sich, wenn man sie reizt. Die meisten ziehen es jedoch vor, faul auf dem Sofa zu liegen und vor sich hin zu starren, während sie Musik hören, und zwar so laut, dass ein Hexenjüngling einen Gehörschaden davontragen würde. (Anscheinend ist das Gehör bei den Menschen schlechter entwickelt.) Ab einem gewissen Zeitpunkt beginnen sich die Jungen heftig für das andere Geschlecht zu interessieren, indem sie sich Zeitschriften ansehen, in denen weibliche Wesen leicht bekleidet oder ohne Kleidung abge-

bildet sind. So holen sie sich Mut, um ein Mädchen in ihrem Alter (oder etwas jünger) anzusprechen und es ins Kino einzuladen. Tanzveranstaltungen sind sehr beliebt, denn viele Menschenjungen versuchen dort, den Mädchen einen Kuss auf die Lippen zu drücken. Ein Hexenmädchen wäre von so einem Kuss mit Sicherheit enttäuscht, weil die Menschenjungen ziemlich ungeschickt und plump vorgehen und nicht die Feinheiten des Küssens kennen, die ein junger Hexer beherrscht.

»Wie Jungs wirklich sind, das werden wir im Laufe unseres Aufenthalts herausfinden«, meinte Miranda. »Zumindest ich.« Sie wandte sich erneut dem Mathematikbuch zu.

Auch Elena setzte sich wieder und versuchte, sich auf ihr Heft zu konzentrieren. Doch immer wieder wanderten ihre Gedanken zu Kevins Liebesbrief. Sollte sie darauf reagieren oder nicht? Wenn sie nichts tat, wie würde Kevin sich dann verhalten? Würde er sich bei Nele über Elena beschweren? Oder würde er sogar schlecht von ihr reden? Elena starrte vor sich hin. Hoffentlich ging dann nicht ihre Freundschaft mit Nele kaputt! Andererseits – niemand konnte Elena zwingen, dass sie sich in Kevin verliebte, oder? Verlieben auf Kommando funktionierte doch auch nicht bei den Menschen! Elena nahm sich vor, so bald wie möglich in ihrem Fachbuch über die Menschen nachzuschlagen, was Zwigge über die Liebe geschrieben hatte. Sie wollte keinen Fehler machen …

Wer zuerst hext, ist im Vorteil!

Am nächsten Morgen war Elena so müde, dass sie schon beim Frühstück beinahe wieder eingeschlafen wäre. In der Nacht war sie mehrfach von *Amormagie* gestört worden – diesmal waren zwei weiß gekleidete Nonnen an ihr Bett getreten, gleich drei Mal hintereinander, jeweils im Abstand von einer halben Stunde. Danach hatte Elena kaum noch schlafen können. Sie hatte ständig über den Liebesbrief nachgegrübelt. Erst gegen Morgen war sie wieder eingeschlummert – und dann hatte der Wecker geklingelt.

»Post für euch, Mädels!«, verkündete Mona fröhlich, die gerade aus dem Keller gekommen war. Sie ließ zwei große Umschläge auf den Frühstückstisch fallen. »Die neuen Lektionen für euer Hexendiplom sind da! Viel Spaß beim Lernen, ihr beiden!«

Elena stöhnte. »Schon wieder neue Lektionen. Wir sind mit den alten noch nicht durch.«

Miranda schob ihre Müslischüssel zur Seite, öffnete den Umschlag und blätterte neugierig die Unterlagen durch. Elenas Aufmerksamkeit aber galt Mona, die mit der Hexenpost drei Pakete bekommen hatte und gerade dabei war, sie aufzuschlitzen.

Der magische Briefkasten befand sich unten im Keller, hinter einer feuerfesten Klappe. Normalerweise kratzte der Kaminkehrer dahinter den Ruß heraus, und kein normaler Mensch wäre auf die Idee gekommen, dass das dunkle Loch ein Portal war, das zwei Welten miteinander verband. Durch dieses Portal konnte man sowohl Post empfangen als auch aufgeben. Wenn man nachsehen wollte, ob man Post bekommen hatte, dann musste man die Klappe öffnen, mit den Fingernägeln den Drudenfuß an der Wand daneben nachfahren und dabei einen Spruch aufsagen:

»Weltentor, so öffne dich!
Hast du heute Post für mich?«

Sogleich erschien in der Öffnung ein kaltes blaues Feuer, und in der Regel purzelten dann etliche Pakete und Briefe durch den Kamin herab. Gab es keine Post, ertönte ein melodischer Dreiklang, und eine tiefe Männerstimme sagte: »Es tut mir leid, ich habe heute nichts für Sie.«

Wenn Miranda einen Brief oder ein Paket an ihre Eltern in die Hexenwelt schicken wollte, dann legte sie ihre Post in die Öffnung, aktivierte durch Kratzen den Drudenfuß an der Wand und sagte:

»Weltentor, ich bitte dich,
leit weiter diese Post für mich!«

Besonders Großmutter Mona nutzte den Welten übergreifenden Versandservice. Schon in der Hexenwelt hatte sie oft und gerne Dinge bestellt, aber hier in der Menschenwelt tat sie es fast täglich – angeblich, um den Anschluss nicht zu verpassen. Elena vermutete insgeheim, dass ihre Oma kaufsüchtig war. In der Menschenwelt konnte sie ihrem Kaufrausch frönen, ohne allzu sehr aufs Geld achten zu müssen. Da das Forschungsprojekt eine sehr wichtige Angelegenheit war, wurde es vom Landeszauberamt großzügig unterstützt, und die Bredovs lebten jetzt viel luxuriöser als noch vor kurzer Zeit, an die sich Elena nur schaudernd zurückerinnerte.

Sogar sonntags trafen Lieferungen ein, beispielsweise Zutaten für Zaubertränke und -salben, die Mona anmischen wollte. Oder es kam das neueste Hexenmagazin, in dem man sich über die aktuellen Modetrends informieren konnte.

An diesem Tag hatte Mona ein Set Spitzenunterwäsche, einen seidenen Morgenmantel und ein Paar violette Netzstrümpfe erhalten. Sie hielt die Wäsche kritisch gegen das Licht.

»Angeblich sollen die Sachen durch einen starken Zauber strahlenbeständig sein«, murmelte sie. »Ihr wisst ja, dieser schreckliche Elektrosmog, mit dem die Menschen alles verseuchen! Dieser Smog ist sehr schädlich für uns Hexen, besonders für den Teint. – Aber ich glaube, ich werde das Zeug hier zurückschicken, es scheint mir von schlechter Qualität zu sein. Jedenfalls entspricht es nicht meinen Erwartungen!«

»Wir müssen langsam los«, sagte Miranda, die einen Blick auf die Küchenuhr geworfen hatte.

»Oh weh, schon so spät? Ach du grüne Hexeneiche!« Erschrocken stopfte Mona die Strümpfe zurück in den Karton. »Macht euch schnell fertig, ich hole schon mal den Wagen.«

Elena schob sich den letzten Löffel Müsli in den Mund, nahm einen Schluck Saft und stürzte dann hinauf in ihr Zimmer. Dort stellte sie fest, dass sie am Abend zuvor wieder einmal vergessen hatte, ihre Schulsachen zu packen. Sie überlegte, welche Bücher und Hefte sie an diesem Tag brauchte. Noch immer kannte sie den Stundenplan nicht auswendig und fuhr mit dem Finger an dem Zettel entlang, den sie sich an den Schrank geklebt hatte.

»Mathematik, Englisch, Deutsch …«, murmelte sie vor sich hin.

»Elena! Miranda!«, rief Mona von unten und klimperte ungeduldig mit den Autoschlüsseln. »Beeilt euch! Jetzt aber Hexendalli!«

»Ich komm schon«, rief Miranda, und Elena hörte, wie ihre Freundin nach unten lief.

»Verdammt!«, stieß Elena aus. »Immer dieses Gehetze! – Heute ist Donnerstag. *Allegro!*« Sie schnippte mit den Fingern, worauf sich einige Bücher und Hefte selbstständig den Weg in ihre Schultasche suchten. Sie griff nach der Tasche, klemmte sie unter den Arm und rannte die Treppe hinunter.

Mona schnalzte nur vorwurfsvoll mit der Zunge, dann öffnete sie die Haustür und scheuchte die beiden Mädchen hinaus. Wenig später saßen sie zu dritt in dem schwarzen Combi, den Mona für ihre Fahrten bevorzugte.

»Du bist genau wie deine Mutter, Elena«, sagte Mona zu ihrer Enkelin, während sich der Zündschlüssel wie von allein im Schloss drehte und der Motor ansprang. »Kein Zeitgefühl! *Die Letzten beißt der Werwolf*, wie es so schön heißt. Hier gibt es zwar keine Werwölfe, aber trotzdem wirst du Probleme bekommen, wenn du dir nicht endlich etwas mehr Pünktlichkeit angewöhnst!«

Vorwürfe konnte Elena jetzt gerade noch brauchen. Sie schnitt ihrer Großmutter verstohlen eine Grimasse. Mona konnte bei ihren Paketen ebenfalls völlig die Zeit vergessen, das hatte sich ja vorhin gezeigt.

»Ich hab gesehen, wie du eben das Gesicht verzogen hast«, sagte Mona spitz. »Es ist dein Schaden, wenn du glaubst, dass du auf meine Ratschläge pfeifen kannst. Deine Mutter hat mir damals auch was gepfiffen – und was ist daraus geworden? Hätte Jolanda auf mich gehört, dann wäre sie mit Theobaldus Magnus verheiratet und wir hätten alle ein gutes Leben und wären nicht im HEXIL bei den Menschen. Und vor allem müssten wir nicht mit einem stinkenden Leguan zusammenwohnen ...«

Elena schnappte vor Empörung nach Luft und hatte schon eine scharfe Erwiderung auf der Zunge, aber Miranda kam ihr zuvor und lenkte von diesem heiklen Thema ab.

»Keine Sorge, wir kommen noch locker rechtzeitig zur Schule«, sagte sie. »Notfalls kann ich die Schulklingel anhalten, dann läutet sie fünf Minuten später. Das ist gar kein Problem.«

»Du sollst nicht in der Öffentlichkeit hexen«, tadelte Mona Miranda sofort. »Das ist gegen die Regeln. Du weißt, was passiert, wenn uns die Menschen auf die Schliche kommen. Schlimm genug, dass eure beiden Freundinnen über uns Bescheid wissen. Das war bodenloser Leichtsinn!«

Elena sah im Rückspiegel, wie Miranda die Augen verdrehte. Manchmal war sie schon genauso von Monas ewiger Besserwisserei genervt wie Elena. Aber ihre Großmutter würde sich wohl nie ändern!

Die Fahrt zur Schule war wie immer ein Abenteuer. Monas Fahrkünste waren grauenhaft, obwohl sie in der letzten Zeit einiges dazugelernt hatte und Elena nicht mehr so oft um ihr Leben fürchten musste wie vorher. Im Übrigen hielt sich Mona selbst kaum an die Regel, in der Öffentlichkeit nicht zu hexen. Sobald ein Polizeiauto sie verfolgte oder ein Polizist sie wegen ihres eigenartigen Fahrstils anhielt, schnippte sie mit den Fingern, und der Polizist vergaß sofort, was er gesehen hatte, wünschte Mona eine gute Fahrt und ließ sie weiterfahren. Die Strafzettel, die ins Haus flatterten, weil Oma Mona sich an keine Geschwindigkeitsbegrenzung hielt und schon mehrfach rote Ampeln überfahren hatte, belegte sie mit einem *Nicht-passiert-Zauber* und zerriss das Papier in kleine Schnipsel.

»Punkte in Flensburg – was soll denn das sein?«, rief Oma Mona dann aus. »Sammelt man die wie bei uns Zauberrabattmarken? Und soll ich ständig meinen Führerschein abgeben? Wie umständlich! MENSCHEN!!!«

An diesem Morgen erreichten sie ohne größere Zwischenfälle die Schule. Nur eine schwarze Katze brachte sich im letzten Moment in Sicherheit.

»Schwarze Katze von links bringt Glück«, verkündete Mona, als das verängstigte Tier davonsprang.

»Deswegen brauchst du sie doch nicht gleich zu überfahren«, sagte Elena ärgerlich.

»Ach was, reg dich ab, es ist ja nichts passiert«, entgegnete ihre Großmutter und hielt mit einer Vollbremsung vor der Schule, worauf der Fahrer, der hinter ihr fuhr, heftig hupte.

Elena griff nach ihrer Jacke und der Schultasche und stieg aus. Miranda ebenso.

»Macht's gut, Mädels«, rief Oma Mona, und der Wagen schoss los, noch bevor Elena die Wagentür richtig zugemacht hatte.

»Sie wird es nie lernen«, murmelte Elena, während sie in ihre Jacke schlüpfte. Es war an diesem Morgen ziemlich kühl, obwohl es wieder ein sonniger Tag werden würde. »Mit der Technik steht sie auf Kriegsfuß.«

»Dort vorne kommt übrigens Kevin«, sagte Miranda.

Elena drehte sich um und sah, wie Kevin aus der Gegenrichtung angeradelt kam. Er war in Begleitung einiger Freunde. Jetzt hatte er Elena entdeckt und sein Gesicht leuchtete kurz freudig auf. Dann wandte er sich sofort ab und tat so, als sei nichts geschehen.

Elena merkte, dass sie rot geworden war. Das ärgerte sie. Hatte er sich jetzt in sie verliebt oder sie in ihn? Kevin hatte doch den Brief geschrieben.

»Hast du die Jacke mit Absicht angezogen?«, fragte Miranda und zupfte an Elenas Ärmel.

»Wieso – was ist damit?« Jetzt erst ging Elena ein Licht auf. Die Jacke war rot – und Kevin hatte darin bestimmt ein Zeichen gesehen, dass Elena keinen Freund und damit Interesse hatte.

»Mist!«, stieß Elena aus. Sie hatte keinen Augenblick über die Farbe nachgedacht, sondern die Jacke vorhin nur einfach schnell vom Garderobenhaken gerissen, weil Großmutter Mona so gedrängt hatte.

Miranda lächelte verschmitzt. »Jetzt macht sich Kevin natürlich Hoffnungen.«

»Verflixt, das habe ich nicht gewollt«, fluchte Elena. Sie hatte das Gefühl, da in eine Sache hineinzuschlittern, mit der sie gar nichts zu tun haben wollte. »Ich werde zu Kevin gehen und ihm sagen, dass ich nur zufällig meine rote Jacke angezogen habe … und … äh … dass ich schon einen Freund habe!«

Miranda schüttelte den Kopf. »Ganz schlechte Idee«, sagte sie. »Vergiss nicht – du weißt ja offiziell gar nicht, dass es Kevin war, der den Brief in deine Schultasche geschmuggelt hat. Ohne Hexerei hätten wir das nicht so schnell herausgefunden.«

»Stimmt«, sagte Elena. Sie war ratlos. Diese dumme rote Jacke …

»Ich weiß was«, sagte sie dann, kniff die Augen zusammen und konzentrierte sich. In Gedanken stellte sie sich vor, wie ihre Jacke die Farbe änderte. Ein Farbzauber war nicht ganz einfach. Elena versuchte, das Rot der Jacke in Grün umzuwandeln. Sie merkte, wie sie vor lauter Konzentration die Luft anhielt. Das war schlecht, denn dadurch konnte sich der Zauber in ihrem Körper stauen und plötzlich geballt ausbrechen – wie bei einer verstopften Zahnpastatube, aus der bei heftigem Drücken erst gar nichts und dann viel zu viel Creme herausquillt … Das veränderte natürlich auch die magische Wirkung.

Elena bemühte sich, ruhig und gleichmäßig zu atmen, während sie die Jacke im Kopf umfärbte. Dann schlug sie die Augen auf.

»Ach je!«

Miranda hob nur spöttisch die Augenbrauen. »Chic!«

Elenas Jacke war jetzt grün und orange, ein wildes Dschungelmuster aus Schlangenlinien, die sich kreuzten. Die Jacke sah grässlich aus.

Elena schluckte heftig. »Furchtbar.«

»Entsetzlich«, bestätigte Miranda. »Aber wenigstens ist die Jacke jetzt nicht mehr rot.« Sie hakte Elena unter und gemeinsam gingen die beiden Mädchen über den Schulhof zum Klassenzimmer.

»Soll ich am Samstag das Waselnussöl einsetzen?«, fragte Jana ihre Freundin Nele im Flüsterton, gerade als Miranda und Elena in die Klasse kamen. »Das ist meine einzige Chance, Tom zu erobern. Ich muss es einfach tun. Oder was meinst du?«

Nele aber war abgelenkt. Sie platzte laut heraus, als sie Elenas grellbunte Jacke sah. »Wow, Elena! Neues Teil? Ist echt gewagt.«

Elena wurde knallrot. »War eine Panne.« Sie rollte die Augen, setzte sich an den Tisch hinter Jana und Nele und flüsterte: »Ich hab mich verhext, dabei hat sich die Jacke leider verfärbt.«

»Ist mir auch schon passiert«, antwortete Jana leise. »Nicht mit Hexerei, sondern in der Waschmaschine. Meine weißen Jeans sollten eigentlich lila werden. Katastrophales Ergebnis! Die Hose war total fleckig! Ich konnte sie nur noch wegwerfen!«

In diesem Moment klingelte es zum Unterrichtsbeginn, und pünktlich mit dem Klingelton betrat Frau Treller das Klassenzimmer, wie immer.

»Good morning, girls and boys!«

»Good morning, Mrs Treller«, antwortete die Klasse im Chor.

Jana hörte, wie Elena hinter ihr leise stöhnte. Sie drehte sich um.

Elena deutete auf das Mathebuch, das auf ihrem Tisch lag. »Heute ist *Freitag*, oder? Oh verdammt! Und ich habe die Bücher und Hefte für *Donnerstag* eingepackt.«

»Ist das für dich ein Problem?« Nele drehte sich ebenfalls zu Elena um und grinste sie an. »Du kannst doch ganz einfach he...!«

»Pssst«, warnte Jana. Es war nicht gut, gleich zu Beginn der Unterrichtsstunde aufzufallen, denn Frau Treller suchte sich meistens ein Opfer, um Vokabeln abzufragen. Jana beherrschte die Englischvokabeln zwar im Schlaf, aber Nele war oft nicht vorbereitet. Sie lernte die Vokabeln mehrerer Lektionen gewöhnlich am Stück, und zwar erst kurz vor einer Klassenarbeit. »Tagsüber habe ich keine Ruhe zum Lernen und abends bin ich einfach zu müde«, redete sich Nele immer heraus. Das stimmte nur zum Teil. Jana wusste, dass Nele zwei ältere Brüder und eine jüngere Schwester hatte und dass es bei ihr zu Hause oft ziemlich lebhaft zuging. Aber Nele ließ sich auch nur zu gerne ablenken. Sie sah nicht ein, warum sie eine halbe Stunde lang Vokabeln in ihren Kopf zwängen sollte, wenn man in derselben Zeit viel spannendere Dinge tun konnte.

Frau Trellers Blick glitt über die Schülerinnen und Schüler der 8a.

»Elena«, rief sie dann. »Mal sehen, ob du heute deine schlechte Leistung von neulich ausbügeln kannst.«

»Pechtag«, murmelte Elena, stand auf und ging zur Tafel.

Jana konnte sich gut vorstellen, wie Elena sich jetzt fühlte. Bis vor Kurzem hatte Elena kein Englisch gehabt, und sie musste all das nachholen, was die anderen in der Klasse schon seit Jahren konnten. Elena wirkte ziemlich unglücklich, als sie da an der Tafel stand.

»Let's see«, begann Frau Treller und lächelte erwartungsvoll.

Kopfkonferenz, flüsterte es plötzlich in Janas Gedanken. Gleichzeitig spürte Jana einen leichten Schmerz an den Schläfen. Sie sah sich verwirrt um und begegnete Mirandas Blick. Miranda sah sehr konzentriert aus.

Du musst helfen, Jana, wisperte Mirandas Stimme in Janas Kopf. Entschuldige, dass ich so einfach in dein Gehirn eindringe, aber du musst Elena helfen! Wenn du die richtige Antwort weißt, leite ich sie an Elena weiter.

Jana war verwirrt. Kopfkonferenz? Hieß das, dass Miranda gerade eine Gedankenverbindung zwischen Jana und den beiden Hexen geschaffen hatte – eine Art Kopf-Telefon zu dritt? Es behagte Jana überhaupt nicht, dass sich Miranda einfach so in ihren Gedanken herumtrieb. Konnten Hexen denn *alles*?

Andererseits tat ihr Elena leid. Sie brauchte wirklich dringend Hilfe. Frau Treller hatte bereits die erste Aufgabe gestellt.

»Was heißt: An Sonntagen wird keine Post zugestellt?«

»Bei uns zu Hause schon«, antwortete Elena. »Das heißt ... äh ... nicht immer ...«

»Ich möchte, dass du den Satz *übersetzt*, Elena«, sagte Frau Treller.

- *Mist, was muss ich jetzt sagen?* Das war Elenas Stimme, leise und wie aus weiter Ferne. *Ich hab keine Ahnung ...*

- *Los, Jana, du weißt doch die Antwort.* Mirandas Stimme klang viel kräftiger und näher, so als stünde sie direkt neben Jana.

»There's no delivery on Sundays«, murmelte Jana automatisch. Sie merkte, dass sie die Lippen bewegt hatte, und wiederholte den Satz in Gedanken.

Vorne an der Tafel sagte Elena die Antwort.

Frau Treller nickte zufrieden. »Was heißt: Eine Briefmarke auf den Brief kleben?«

To stick a stamp on the letter, diktierte Jana sofort in Gedanken. Sie brauchte überhaupt nicht zu überlegen. Sie beherrschte die Vokabeln fast wie im Schlaf – ihre Mutter war nämlich Englischlehrerin.

Mit Janas Hilfe konnte Elena etliche Fragen beantworten. Doch dann fing Jana an zu schwitzen. Ihr wurde heiß und kalt, als hätte sie Fieber. Der Schmerz in ihren Schläfen nahm zu.

- *Es tut weh, Miranda …*

- *Sorry, Jana …ich bin gleich wieder draußen … Nur noch ein bisschen …*

Plötzlich war die Verbindung unterbrochen. Jana fühlte sich frei. Der Schmerz ließ nach. Wieder begegnete sie Mirandas Blick. Miranda zuckte hilflos die Achseln.

Von nun an konnte Elena keine Frage mehr richtig beantworten, so sehr sie sich auch bemühte.

»I'm disappointed with your results«, sagte Frau Treller und zückte ihr Notenbuch. »Ich muss dir leider eine Vier geben. Dabei hast du so gut angefangen. Ich verstehe das nicht. Mich würde wirklich interessieren, nach welcher Methode du deine Vokabeln lernst.«

»Ich lerne nur die Wörter, die mir gefallen«, antwortete Elena und zuckte hilflos die Achseln.

Die Klasse lachte.

Elena wurde knallrot. Dann durfte sie sich endlich setzen.

»Kopfkonferenz gehört zur höheren Zauberei«, erklärte Miranda, als Jana sie in der Pause fragte, wie sie in ihre Gedanken eingedrungen war. »Ich beschäftige mich erst ein halbes Jahr damit und bin noch nicht sehr gut darin. Es tut mir leid, wenn ich dir wehgetan habe, Jana. Das wollte ich wirklich nicht, aber es liegt wahrscheinlich daran, dass ich als Anfängerin in solchen Dingen noch sehr ungeschickt bin.«

»Schon gut«, erwiderte Jana. »Ich bin anfangs total erschrocken, als ich dich plötzlich in meinem Kopf gehört habe. Kannst du auch in meinen Gedanken rumschnüffeln? Weißt du, was ich gerade denke?«

Miranda verneinte. »Gedankenlesen ist sehr schwierig. In einem fremden Kopf herrscht ein Riesenlärm – das totale Stimmengewirr. Wie auf einem Flughafen. Um einen bestimmten Gedanken zu finden, müsste ich schon gezielt danach suchen.«

»Und wie geht das?«, fragte Nele interessiert. »Wie funktioniert es? Ich meine, wie MACHST du das, Miranda?«

»Nun ...« Miranda zögerte. »Es ist, als stünde ich in einer großen Halle. Wie gesagt, so ähnlich wie auf einem Flughafen. Wir sind neulich mit unserem Hexilbeauftragten auf einem Flughafen gewesen, weißt du. So was kannten wir vorher nämlich nicht ...«

»Und dann?«, bohrte Nele, um auf das Thema zurückzukommen. »Du stehst also in einer Art Halle. Wie geht es weiter?«

»Ich konzentriere mich auf meine Frage«, murmelte Miranda. »Beispielsweise will ich wissen, was du am liebsten isst. Ich denke also: ESSEN. Die Geräusche um mich herum ändern sich. Es ist nicht mehr dieses Gemurmel und Gesumme, sondern ich fange nach und nach an, einzelne Worte zu verstehen. Banane. Orange. Lakritze ... Manche Worte sind ganz laut, andere klingen, als hätte sie jemand geflüstert. Ich höre genau zu und achte darauf, was die Worte in mir auslösen. Bei manchen spüre ich Ekel – dann weiß ich, dass du zum Beispiel Bananen nicht magst. Andere Worte lösen ein Wohlbefinden bei mir aus. Erdbeereis ... So finde ich die Antwort auf meine Frage. Im Moment dauert so etwas noch elend lange, aber wenn ich besser in höherer Zauberei bin, dann kenne ich die Antwort in Sekundenschnelle.«

»Brrr«, antwortete Nele und zog die Schultern hoch. »Irgendwie klingt das ja ganz schön gruselig. Da kannst du ja jeden ausschnüffeln ...«

Miranda schüttelte den Kopf. »Nein. Wenn sich derjenige gegen mich wehrt, dann werden die Geräusche in der Halle ganz furchtbar laut, dass ich es nicht mehr aushalte und mich zurückziehen muss. Gute Zauberer errichten immer eine Barriere in ihrem Kopf, damit kein Fremder spionieren kann. Reine Übungssache.«

»Es war jedenfalls total nett, dass du mir geholfen hast«, mischte sich jetzt Elena ein und lächelte Jana an. »Ohne dich wäre ich total aufgeschmissen gewesen.«

»Na ja, die Treller hat dir ja doch nur eine Vier gegeben«, meinte Jana. »Finde ich total ungerecht, denn schließlich hast du eine ganze Menge Fragen richtig beantwortet.«

»Ich schätze, wir werden doch ein bisschen im Notenbuch rumhexen müssen«, sagte Miranda. »Oder Elena setzt sich hin und lernt wirklich ernsthaft Englisch – wie wir alle, ich eingeschlossen.«

»Dir fällt das Lernen viel leichter als mir«, maulte Elena. »Manchmal bin ich richtig neidisch! Du begreifst Mathe und kennst dich inzwischen auch total gut mit Geografie aus. Und in Englisch hast du schon den Stoff von zwei Schuljahren nachgeholt – und das innerhalb von ein paar Wochen. Außerdem beschäftigst du dich schon seit Monaten mit höherer Zauberei, während ich damit erst vor zwei Wochen anfangen durfte.«

Jana wusste, dass Elena bis vor Kurzem nicht zur höheren Zauberei zugelassen worden war – wegen der Sache mit ihrem Vater. Jana hatte großes Mitgefühl mit Elena. Es musste schlimm sein, einen Vater zu haben, der vor Gericht gestanden hatte und dazu verurteilt worden war, fortan als Leguan weiterzuleben.

Elena hatte erzählt, dass das Vermögen ihrer Familie eingezogen worden war und dass sie zuletzt in einer scheußlichen Wohngegend gelebt hatten. Trotz allem war Elena von der Unschuld ihres Vaters überzeugt … Jana selbst war sich da nicht so sicher. Es war ja klar, dass niemand sich vorstellen wollte, einen richtigen Bösewicht in der eigenen Familie zu haben. Falls es sich eines Tages erweisen sollte, dass die Zauberrichter recht hatten und Leon wirklich ein Verbrecher war, dann würde Elena bestimmt völlig verzweifelt zusammenbrechen … Janas Magen verknotete sich bei diesem Gedanken. Die arme Elena!

»Wenn du willst, dann gebe ich dir ein paar Nachhilfestunden in Englisch«, bot Jana ihr jetzt an. »Ich kann dir die Grammatik erklären und Diktat mit dir üben. Die Vokabeln musst du allerdings selber lernen, anders geht es leider nicht.« Sie warf Nele einen Blick zu. Der letzte Satz galt genauso für Nele.

»Mal sehen«, sagte Elena unschlüssig. »Vielleicht komme ich auf dein Angebot zurück.«

»Elena lernt eben nicht gerne«, meinte Miranda und stieß Elena freundschaftlich in die Rippen. »Dabei besteht das größte Geheimnis des Erfolgs darin, dass man gerne lernt und Spaß dabei hat – egal, ob es sich um Zaubersprüche handelt oder um Englischvokabeln. Wenn man keine Lust zum Lernen hat, muss man sich viel mehr plagen und es bleibt auch weniger hängen.«

»Okay, okay, ich hab's kapiert.« Nele verzog spöttisch den Mund. »Ab sofort werde ich mich ändern. Ich werde heute Nachmittag nicht mehr sagen: *Oh Mann, schon wieder so elend viele Hausaufgaben!*, sondern ich werde sagen: *Toll, dass wir so viel aufgekriegt haben!* – Jetzt aber Themawechsel. Ihr habt ja bestimmt mitgekriegt, dass morgen an unserer Schule wieder ein Ball stattfindet – zum Herbstanfang, wie jedes Jahr. Habt ihr euch schon überlegt, was ihr anzieht?«

An dem Blick, den Elena und Miranda wechselten, erkannte Jana, dass sich die Hexen darüber offenbar noch keine Gedanken gemacht hatten.

»Der Schulball ... äh ... ja«, begann Elena zögernd. »Ich weiß nicht, ob wir überhaupt hingehen ...«

»Ihr müsst unbedingt kommen!«, drängte Nele. »Ihr versäumt sonst echt was! Außerdem sagt ihr doch immer, dass ihr die Sitten und Gebräuche der Menschen studieren müsst. So ein Schulball ist eine super Gelegenheit! Es kommen die Klassen acht bis zehn, und es gibt sogar eine Live-Band, die *Blue Turkeys*. Es wird bestimmt total lustig! Am liebsten wäre ich schon letztes Jahr hingegangen, aber da war ich erst in der siebten Klasse und durfte nicht ...«

»Ohne euch macht der Ball nur halb so viel Spaß«, behauptete Jana. Mit den beiden Hexen würde das Fest bestimmt einzigartig werden! Insgeheim hoffte Jana auch, dass ihr Elena oder Miranda dabei helfen würde, endlich Tom etwas näher zu kommen. Das Waselnussöl, das ihr die beiden Hexen besorgt hatten, würde zwar schon etwas nützen, aber richtig gut funktionierte so ein Liebeszauber eben nur mit dem passenden Zauberspruch … Und Jana war nach wie vor ganz furchtbar in Tom verliebt, obwohl er sie noch immer nicht beachtete. Hexerei in Liebesdingen war zwar nicht ganz fair, aber Jana wusste keinen anderen Ausweg mehr. Wenn sie Tom aus der Ferne sah, bekam sie jedes Mal Herzklopfen und weiche Knie. Aber solange er von seinen unmöglichen Kumpels umringt war, traute sie sich nicht, ihn anzusprechen. Das war schon einmal total in die Hose gegangen und sie wollte die Erfahrung nicht wiederholen. Deswegen setzte Jana große Hoffnung auf den Schulball. Sie würde all ihren Mut zusammennehmen und Tom zum Tanzen auffordern. Wenn sie ihn dabei nett anlächelte, würde er ihr den Wunsch bestimmt nicht abschlagen. Und wenn dann auch noch ein langsames Lied gespielt wurde, ja dann … dann würde sie … Jana verlor sich in Träumen. In ihrer Vorstellung hielt Tom sie eng umschlungen und sie wiegten sich langsam im Takt der Musik. Der Abstand zwischen ihren Gesichtern würde immer kleiner werden, sie würden sich tief in die Augen sehen, ihre Lippen würden sich nähern und dann …

»Aua!« Jana spürte einen heftigen Schmerz an ihrem Oberschenkel. Ein Fußball hatte sie dort getroffen.

»Könnt ihr nicht aufpassen?« Wütend sah sie sich nach dem Schuldigen um.

Zwei Fünftklässler rannten schon herbei, um den Ball zu holen. Kicken war eigentlich auf diesem Teil des Schulhofs verboten, aber kein Mensch hielt sich an diese Regel. Jana sah, dass der Ball einen Schmutzfleck auf ihrer Jeans hinterlassen hatte.

»So ein Mist!«, sagte sie ärgerlich. »Die Jeans habe ich heute früh erst frisch angezogen.«

»Kein Problem.« Miranda lächelte und strich mit der Handfläche sachte über den Fleck, während sie etwas Unverständliches murmelte. Als sie die Hand wegzog, war der Fleck verschwunden.

»Danke.« Jana war fast ein bisschen neidisch. Wie einfach wäre das Leben, wenn sie auch hexen könnte.

»Wir brauchen euch morgen unbedingt auf dem Schulball«, sagte Nele zu Miranda und Elena. »Ihr müsst dafür sorgen, dass zur richtigen Zeit die passenden Lieder gespielt werden. Jana wird sonst noch ganz krank vor unerfüllter Sehnsucht nach Tom. Seht doch selbst, sie hat schon Ringe unter den Augen. Sie kann kaum noch schlafen, weil sie dauernd an Tom denken muss.«

»Haha«, sagte Jana gereizt. So zu übertreiben brauchte Nele nun auch wieder nicht!

»Kommt Kevin denn auch?«, fragte Elena.

»Mein Bruder?«, erwiderte Nele. »Klar, der lässt sich so ein Fest doch nicht entgehen! Er beschwert sich sowieso schon dauernd, dass bei uns so wenig los ist.«

»Dann gehen wir besser nicht zum Ball«, sagte Elena.

»Hä? Jetzt versteh ich gar nichts mehr!« Nele runzelte die Stirn. »Was hat denn mein Bruder damit zu tun?«

Weil Elena nicht gleich antwortete, übernahm Miranda das Reden.

»Elena hat gestern einen Liebesbrief bekommen. Er war anonym, aber mit einem kleinen Zauber haben wir den Absender natürlich rausgekriegt. Der Brief war von Kevin.«

»Von Kevin?«, wiederholte Nele verblüfft. »Ein Liebesbrief an Elena? Seid ihr sicher?«

Elena und Miranda nickten.

»Aber erzähl ihm bloß nicht, was du jetzt weißt«, baute Elena gleich vor.

»Ich bin ja nicht blöd.« Nele lachte. »Dann verwandelt ihr mich aus Rache in einen Maulwurf oder in ein kuscheliges Angorakaninchen!«

»Würden wir doch nie tun.« Miranda grinste.

»Ich weiß nicht, was ich machen soll«, sagte Elena. »Eigentlich würde ich schon gerne zum Schulball gehen ... Aber wenn Kevin mit mir tanzen will?«

»Dann tanzt du eben mit ihm, das ist doch nicht so schlimm«, meinte Nele. »Oder du sagst, dass du zum Tanzen keine Lust hast. Übrigens verliebt sich Kevin ständig. Vor vier Wochen hat er dauernd von einer Lydia geschwärmt. Und davor war es ein Mädchen namens Silke, aber die ist schon in der Zwölften und hat ihn natürlich keines Blickes gewürdigt.«

»Na dann ...« Elena sah fragend zu Miranda. »Dann können wir vielleicht doch zum Schulball gehen.«

»Natürlich können wir!«, meinte Miranda. »Kevin wird es überleben, wenn du ihn abblitzen lässt.«

Elena lächelte. »Okay. Was Klamotten angeht, musst du uns aber beraten, Nele, du weißt, wir sind da noch nicht so ganz sicher ...«

»Klar, das mache ich gerne.« Nele nickte eifrig. »Für Mode interessiere ich mich total, und besonders deine Oma bräuchte mal dringend ein paar Nachhilfestunden! Sie muss endlich aufhören, diese scheußlichen Hüte zu tragen. Ihr sagt doch immer, dass ihr nicht auffallen wollt.«

»Meine Oma *liebt* aber ihre Hüte.« Elena verdrehte die Augen. »Besonders ihre eigenen Kreationen. Bei uns zu Hause kommt es darauf an, sich möglichst originell zu kleiden, und Oma hat mit ihren selbst gemachten Hüten schon öfter den ersten Preis gewonnen.«

»Sorry, aber das kann sie hier vergessen«, sagte Nele. »Diese Hüte gehen bei uns gar nicht.«

Auch Jana erinnerte sich schaudernd an den auffallenden Hut mit dem Hummer, den Elenas Großmutter vor Kurzem getragen hatte. Die Bredovs brauchten wirklich einige Tipps, was Klamotten anging; dann würde es Elena bestimmt auch nicht mehr passieren, dass sie versehentlich ihre Jacke so scheußlich verhexte.

»Wie wär's, wenn wir vier heute Nachmittag zusammen shoppen gehen?«, schlug Nele vor. »Ich kenn da einen Laden, da gibt es tolle Sachen, die sind nicht einmal teuer …«

Doppelt gehext funktioniert besser – oder hebt sich auf!

»Nein, es gibt keinen Zauber, damit sich jemand entliebt«, sagte Mona, die im Schaukelstuhl auf der Terrasse saß und wieder einmal einen ihrer unvermeidlichen Zigarillos rauchte. Der Minzgeruch drang bis zu Elena und reizte sie zum Husten. Elena konnte nicht glauben, dass diese würzig duftenden Glimmstängel tatsächlich völlig unschädlich waren, wie ihre Großmutter immer behauptete. Wahrscheinlich ruinierten sie die Gesundheit genauso wie normale Zigaretten und Zigarren.

»Glaub mir, Schätzchen, wenn es ein Mittel zum Entlieben gäbe, dann hätte ich es damals bei deiner Mutter angewendet«, fuhr Mona fort und blies einen Rauchkringel in die Luft, der dann die Umrisse eines Leguans annahm. »Das hätte uns eine Menge Ärger erspart, denn Jolanda war so was von verrückt nach deinem Vater … Dabei hätte sie eine viel bessere Partie machen können, sie war ja schon mit einem anderen Mann verlobt …«

Elena fühlte sich unbehaglich, wie immer, wenn Mona über Elenas Vater herzog. Die beiden hatten einander noch nie ausstehen können, obwohl Papa seine Abneigung nur selten offen gezeigt hatte. Seitdem Leon in einen Leguan verwandelt war, befand sich Mona natürlich in einer viel stärkeren Position, und Elena wusste genau, dass die Großmutter Leon am liebsten ganz losgeworden wäre. Neulich wäre es ihr auch fast gelungen. Da hatte Mona nämlich dafür gesorgt, dass der Leguan im Zoo gelandet war – angeblich zu Forschungszwecken von Professor Strohmann. Das war genau der Mann, der sich auch für Elenas Mutter interessiert und sie sogar geküsst hatte … Zum Glück hatten Elena und Miranda, unterstützt von Nele und Jana, Papa wieder zurückholen können. Es hatte zu Hause wegen dieser Sache einen Riesenkrach zwischen Mona und Jolanda gegeben, und Mona hatte schwören müssen, so etwas nie wieder zu tun. Aber Elena traute ihrer Großmutter trotzdem nicht ganz …

Der Rauch-Leguan zerplatzte. Mona sah ihm lächelnd hinterher. »Tja, ein Zauberspruch zum Entlieben – und Jolanda hätte keinen Gedanken mehr an Leon verschwendet. Wirklich schade, dass so etwas nicht funktioniert. – Aber warum fragst du das, Elena? Mit Liebesdingen sollte man wirklich vorsichtig sein, selbst mit diesem Waselnussöl, das kaum Nebenwirkungen hat. Aber ein paar Tropfen zu viel, und man hat einen Kerl sein Leben lang an der Backe.« Sie zog konzentriert an ihrem Zigarillo. »Bist du denn verliebt?«, fragte sie dann und wandte ihr Gesicht Elena zu. Ihre Haut war noch immer bewundernswert glatt, aber Mona widmete auch viel Zeit der Körperpflege. »Du bist doch erst dreizehn. Na gut, ich gebe zu, in diesem Alter kann es schon anfangen. Besser ist es, wenn man vorher ordentlich zaubern gelernt hat, bevor einen die Liebe richtig erwischt, denn dann hat man überhaupt keine Kontrolle mehr, wie gut man im Hexen ist … Zeigt sich bei dir denn schon etwas *Amormagie*, mein Liebchen?«

»Ich bin nicht verliebt«, erwiderte Elena und schüttelte heftig den Kopf. »Und ich habe es auch nicht vor.«

»Sehr vernünftig, mein Kindchen. Du könntest ein bisschen von deiner Vernunft an deine Schwester abgeben.« Mona seufzte. »Die weißen Nonnen heute Nacht waren schrecklich. Dreimal sind sie zu mir ins Zimmer gekommen und jedes Mal waren sie ein Stückchen größer. Zuletzt waren sie ungefähr zwei Meter fünfzig groß – und sie hatten schrecklich tote Gesichter mit leeren Augenhöhlen.«

»Bei mir waren die Nonnen auch«, sagte Elena. »Allerdings trugen sie bei mir Sonnenbrillen.«

»Ich habe hinterher kein Auge mehr zugetan«, fuhr Mona fort. »Ich hoffe, dass Daphnes Hormone langsam aufhören, so verrücktzuspielen. Ich würde gerne wieder einmal eine Nacht durchschlafen können.«

Elena entschied sich, das Gespräch zu beenden und lieber im Garten nach Löwenzahnblättern zu suchen. Sie hatte eigentlich nur wissen wollen, ob es eine Möglichkeit gab, Kevins Verliebtheit abzuschwächen, aber wenn nicht einmal ihre Großmutter etwas wusste, dann gab es vermutlich wirklich kein Zaubermittel gegen die Liebe. Auch der Blick in das dicke Forschungshandbuch über die Menschen hatte nicht wirklich geholfen. Elena hatte Zwigges Kapitel über die Liebe gelesen – und war hinterher in Bezug auf Kevin genauso schlau gewesen wie vorher.

Aus »Vom Umgang mit Menschen«
von Adrian Freitag Zwigge:

Über die Liebe

In der Regel geht der Heirat ein längeres Werben des Mannes um die Frau voraus. Mit Blumen, feinen Pralinen und Einladungen zu einem romantischen Abendessen versucht er, ihre Gunst zu gewinnen. Es gehört zum Spiel, dass sich die Frau erst ein wenig ziert. Während dieser Zeit des näheren Kennenlernens prüft die Frau, ob der Mann als Ernährer und zukünftiger Vater ihrer Kinder geeignet ist. Der Mann wiederum versucht herauszufinden, ob die Frau eine perfekte Hausfrau ist, ob sie gut und vitaminreich kocht und ob sie bügeln kann, ohne Falten zu hinterlassen. Während die Frau ihren Partner häufig danach aussucht, ob er viel Geld verdient, legt der Mann bei seiner Partnerin großen Wert auf Jugend und Schönheit. Deswegen findet man bei den Menschen oft Paare mit hässlichen alten Männern und jungen hübschen Ehefrauen. (Die umgekehrte Konstellation ist selten.) Alles weist darauf hin, dass bei der Partnerwahl die Vernunft und nicht die Leidenschaft regiert. Trotzdem veranstalten die Menschen viel Lärm um diese sogenannte »Liebe«. Es gibt kaum einen Schlager oder einen Roman, in dem die Liebe keine Rolle spielt. Auch zahlreiche Liebesfilme rühren die Zuschauer zu Tränen – wahrscheinlich wegen der Unvernunft der Darsteller.

Insgesamt lässt sich sagen, dass die Liebe bei den Menschen eine recht nüchterne Sache ist – vergleichbar mit einem Autokauf oder einem Mietvertrag. Gelegentlich gibt es zwar auch Eifersuchtsdramen bei den Menschen, aber man hat noch nie gehört, dass ein Mann seinen Nebenbuhler in einen Regenschirm oder in eine Gartenbank verwandelt hat. Wenn sie sich streiten, dann verprügeln sie sich oder bringen einander sogar um – genau wie es noch immer unsere äffischen Verwandten im Dschungel tun. Daher ist der Homo sapiens sapiens dem Homo sapiens magus in Liebesdingen eindeutig unterlegen!

Das Einzige, was bei Kevin helfen würde, war die Zeit – und Nele hatte ja gesagt, dass sich ihr Bruder alle paar Wochen neu verliebte. Also würde Elena nur abwarten müssen … Das konnte ja nicht so schwer sein. Wahrscheinlich hatte Miranda recht, wenn sie behauptete, dass Elena immer viel zu viel grübelte …

Die Koi-Karpfen schwammen an den Beckenrand, als Elena am Schwimmteich vorbeiging. Wahrscheinlich warteten sie auf Futter. Koi-Karpfen waren intelligente Fische, und Nele hatte behauptet, dass man sie auch streicheln konnte – wozu Elena allerdings keine besonders große Lust verspürte. Sie hatte fast ein schlechtes Gewissen deswegen, aber sie machte sich nun mal nicht sonderlich viel aus Fischen. Genau genommen gar nichts. Zum Glück war Miranda da ein bisschen anders. Sie vergaß nie, die Fische zu füttern. Manchmal saß sie am Beckenrand und redete mit ihnen oder sang ihnen sogar etwas vor.

Zwischen den Büschen im hinteren Teil des Gartens wucherte der Löwenzahn inzwischen üppig – was vermutlich an

Monas Gegenwart lag. In der Hexenwelt hatten die Pflanzen auf Elenas Großmutter mit besonders schnellem Wachstum reagiert, und hier in der Menschenwelt war es nicht anders. Sie mussten dreimal in der Woche den Rasen mähen. Mona hatte großen Spaß daran, den elektrischen Rasenmäher mit ihrem Zeigefinger fernzusteuern, worauf das Gerät im Garten hin und her sauste. Elena hoffte sehr, dass niemand vom Nachbarhaus aus zusah, auf welche Weise bei den Bredovs der Rasen gemäht wurde.

Als sich Elena bückte, um einige saftige Löwenzahnblätter zu pflücken, entdeckte sie zwischen den Wurzeln eines Johannisbeerstrauchs einen Feuersalamander. Elena machte große Augen. Sie hatte nicht gewusst, dass es diese seltenen Tiere hier in Blankenfurt gab. Sie musste unbedingt Nele und Jana danach fragen.

Der Feuersalamander verkroch sich in ein Erdloch, als er sich beobachtet fühlte. Elena zuckte mit den Achseln und riss noch ein paar Löwenzahnblätter ab. So, das musste erst einmal für Papa reichen! Sie wollte schließlich nicht, dass er dick und fett wurde – das hätte Mona vielleicht gefallen und sie würde noch mehr über ihn lästern! Viel Bewegung hatte Papa ja nicht in seinem gläsernen Heim …

Elena kehrte ins Haus zurück, klappte den Deckel des Terrariums hoch und legte die Blätter in die Futterschale. Der Leguan reagierte nicht. Er hockte unbeweglich auf dem Boden und starrte vor sich hin. Ob er mit offenen Augen schlief? Oder war er insgeheim schon so deprimiert, dass er zu gar nichts mehr Lust hatte?

»Armer Papa«, sagte Elena mitleidig und streichelte die raue Leguanhaut. Wieder einmal wurde ihr vor lauter Mitleid der Brustkorb eng. »Wenn ich nur wüsste, was ich für dich tun kann! Ich würde dich so gerne zurückverwandeln, glaub mir, Papa! Wenn es nur einen Weg gäbe ...«

Der Leguan blinzelte. Ob er sie verstanden hatte? War es vielleicht sogar ein Zeichen? Eine Aufforderung, nach einem mächtigen Zauberspruch zu suchen, der stark genug war, die Rückverwandlung durchzuführen? Elena dachte angestrengt nach. Sie hatte schon von verbotenen Büchern gehört, aber wie sollte sie hier, in der Menschenwelt, an solche Zauberbücher herankommen? Elena runzelte die Stirn. Oma ließ sich doch immer alles Mögliche schicken, vielleicht kannte sie geheime Quellen ... Nur – Mona würde Leons Rückverwandlung bestimmt nicht unterstützen, im Gegenteil!

Während sich Elenas Gedanken im Kreis drehten, wurde die Haustür aufgeschlossen. Ihre Mutter kam zurück.

»Halli-hallo, ist jemand da?« Ihre Stimme klang fröhlich. Anscheinend hatte Jolanda sehr gute Laune.

»Hier bin ich, Mama«, rief Elena. »Im Wohnzimmer, bei Papa.« Sie streichelte den Leguan noch einmal, dann klappte sie den Deckel zu. Der Leguan kroch auf den Futternapf zu und schnupperte an den Löwenzahnblättern.

Wenig später betrat Jolanda den Raum. Sie trug ein chices rotes Kostüm, und ihre Haare hatten einen flotten Schnitt, der sie wesentlich jünger wirken ließ als die langweilige Pagenfrisur, die sie die ganze Zeit getragen hatte.

»Du siehst richtig gut aus, Mama«, sagte Elena überrascht. »Warst du beim Frisör?«

»Das auch«, sagte Jolanda und ließ sich in einen Sessel fallen. Sie strahlte. »Ich habe einen neuen Job!«

»Wow! Toll, Mama. Und was?«

»Ich kann endlich wieder als Journalistin arbeiten«, antwortete Jolanda.

Elena wusste, wie sehr ihre Mutter darunter gelitten hatte, als sie in der Hexenwelt keine Artikel mehr hatte veröffentlichen können. Auch das war eine Folge von Papas Verurteilung gewesen. Jolanda hatte mit Leidenschaft die unterschiedlichsten Themen recherchiert und die Ergebnisse dann in witzigen und schlagfertigen Aufsätzen zusammengefasst. Die Zeitungen hatten ihr die Berichte sehr gerne abgekauft, aber nachdem die Familie Bredov dann selbst in die Schlagzeilen geraten war, hatte niemand mehr Jolandas Artikel haben wollen.

»Ich habe mich heute Vormittag beim *Blankenfurter Kurier* vorgestellt«, erzählte Jolanda. »Die Zeitung sucht jemanden für die Rubriken Sport und Kultur, weil die Journalistin, die bisher dafür zuständig war, Drillinge bekommt. Ich konnte den Chef überzeugen, dass ich genau die Richtige für den Job bin.« Sie lächelte stolz.

»Mit Waselnussöl?«, ertönte eine Stimme von der Terrassentür, und ein Minzgeruch drang ins Zimmer.

»Ganz *ohne* Waselnussöl«, entgegnete Jolanda schnippisch. »Ich habe den Job aufgrund meiner Fähigkeiten bekommen, Mutter, und nicht weil ich den Chef um den Finger gewickelt habe.«

»Schade, Schätzchen, ich dachte, du lernst es langsam«, sagte Mona und trat weiter ins Wohnzimmer.

»Kannst du bitte deinen schrecklichen Zigarillo ausmachen?«, bat Jolanda. »Wir hatten doch ausgemacht, dass du nicht in der Wohnung rauchst.«

»Hach, du bist immer so empfindlich. – Na gut, ich bin ja schon wieder draußen«, meinte Mona beleidigt und verschwand auf die Terrasse.

Jolanda sah ihr nach. »Ich bin zunächst freie Mitarbeiterin bei der Zeitung«, erzählte sie Elena dann begeistert weiter. »Wenn ich gute Arbeit leiste, werde ich eventuell in einem halben Jahr oder so fest angestellt. – Aber ich finde es erst mal gut so, wie es jetzt ist. Hauptsache, ich kann endlich wieder schreiben! Meine Artikel werden gedruckt und gelesen werden!«

Elena freute sich für ihre Mutter. »Und worüber wirst du schreiben?«, fragte sie neugierig.

»Oh, über Sportveranstaltungen oder Theateraufführungen oder über neue Kinofilme«, antwortete Jolanda. »Es wird mir bestimmt großen Spaß machen. Und außerdem werde ich dabei viel mit Menschen zu tun haben und kann ihr Verhalten studieren – was ja unserem Auftrag zugutekommt.« Sie lächelte. Dann wurde sie wieder ernst. »Wie geht es Papa?«

Elena warf wieder einen Blick auf das Terrarium. Der Leguan hatte die Löwenzahnblätter noch nicht angerührt.

»Ich glaube, er hat heute keinen Appetit«, sagte Elena besorgt. »Hoffentlich ist er nicht krank.«

Jolanda stand auf und ging zum Terrarium. Der Leguan wandte den Kopf und sah sie an.

»Hallo, Leon«, flötete Jolanda. »Hast du zugehört? Ich kann wieder in meinem Beruf arbeiten. Und mit unserem Forschungsauftrag kommen wir gut weiter. Alle helfen mit, sogar Daphne. Sie studiert schon eifrig die Menschenjungs ... das heißt, eigentlich einen, diesen Alexander ... Vielleicht müssen wir ja gar keine fünf Jahre im HEXIL bleiben, Leon, wenn wir vorher fertig werden. Und dann wirst du endlich wieder zurückverwandelt werden, Liebster! Nur noch ein bisschen Geduld!« Sie spitzte die Lippen und drückte einen Kuss gegen die Scheibe. Ein roter Lippenstiftabdruck blieb zurück, den der Leguan von innen ableckte.

»Siehst du, er weiß genau, wer ich bin«, sagte Jolanda zu Elena. »Und er liebt mich noch immer, das spüre ich.«

»Na klar. Sag ihm doch, dass er fressen soll, Mama.« Elena deutete auf den gefüllten Futternapf. »Vielleicht hört er ja auf dich.«

Während Jolanda am Terrarium stehen blieb und sanft auf den Leguan einredete, ging Elena hoch in ihr Zimmer.

Jedes Mal, wenn sie den großen Raum betrat, freute sie sich, denn das Zimmer war wunderschön und es fehlte ihr an nichts.

Sie hatte sogar einen Balkon, den sie sich mit Miranda, die das Nebenzimmer bekommen hatte, teilen konnte. Das war einer der Vorteile, die das HEXIL mit sich brachte – sie lebten hier in absolutem Luxus. Das Haus in der Hexenwelt, in dem die Bredovs zuletzt gewohnt hatten, war dunkel, eng und ungemütlich gewesen und vieles hatte kaum funktioniert. Wenn die Bredovs dagegen jetzt einen Wunsch hatten, dann brauchten sie sich nur mit dem Hexilbeauftragten Aaron Abraxas Holzin in Verbindung zu setzen. Aaron Holzin bemühte sich immer, ihre Angelegenheiten so schnell wie möglich zu regeln.

Die Sonne schien zum Fenster herein – es war ein wunderschöner Herbsttag. Als Elena auf den Balkon trat, war es richtig heiß. Sie schloss die Augen und lehnte sich an die warme Brüstung. Alles wäre wunderbar, wäre Papa nur kein Leguan!

Elena stellte sich vor, wie es wäre, wenn Papa seine richtige Gestalt zurückhätte. Dann könnten sie wieder einen Spieleabend machen. Und Elena hätte ihn in schwierigen Angelegenheiten um Rat fragen können, zum Beispiel wegen Kevin … Papa hätte ihr bestimmt sagen können, was sie am besten tun sollte – da war sich Elena sicher.

Manchmal vermisste sie Leon schrecklich … Es war extrem schwierig, in dem Leguan noch ihren Vater zu sehen. Elena ertappte sich immer öfter, dass sie den Leguan wie ein normales Haustier behandelte. Und neulich hatte sie mit Schrecken festgestellt, dass die Erinnerung an ihren Vater bereits zu verblassen begann. Falls er sich tatsächlich eines Tages zurückverwandelte, würde er dann vielleicht ein Fremder für sie sein?

Der Gedanke tat sehr weh. Elena öffnete die Augen und schaute in den sonnenbeschienenen Garten hinunter, durch den gerade Mona spazierte – barfuß. Wenn man genau hinsah, dann konnte man erkennen, wie sich links und rechts von ihren Füßen das Gras aufrichtete. Wenn sie irgendwo stehen blieb, dann dauerte es nicht lange, und die Blüten wandten Mona ihre Köpfe zu. Die Pflanzen reagierten einfach auf Monas Gegenwart … Elenas Großmutter war eine mächtige Hexe.

Elena war sich sicher, dass Mona Mittel und Wege wüsste, um sich eines der verbotenen Zauberbücher zu beschaffen. Wenn sie Oma nur dazu überreden könnte! Gemeinsam könnten sie es vielleicht schaffen, Leon zurückzuverwandeln. Elena seufzte tief.

»Sehnsucht nach Kevin?«, fragte eine Stimme.

Elena wandte den Kopf und sah, dass Miranda neben sie getreten war. Elena tippte sich an die Stirn.

»Sehnsucht nach Kevin? Du hast sie ja nicht mehr alle! Wenn du es genau wissen willst – ich habe gerade an Papa gedacht und was man tun könnte, damit er seine wahre Gestalt wiederbekommt.«

»Daran denke ich auch manchmal«, sagte Miranda. Sie dämpfte ihre Stimme. »Wir sollten uns das Amulett noch einmal ansehen. Ich habe das Gefühl, dass es ein großes Geheimnis in sich trägt.«

Elena nickte. Sie teilte Mirandas Meinung. Die beiden Mädchen hatten das geheimnisvolle Amulett im Terrarium gefunden, kurz nachdem Leon in einen Grünen Leguan verwandelt worden war. Elenas Vater musste es verschluckt haben, um es vor den Zauberrichtern zu verstecken. Miranda und Elena hatten niemandem von dem merkwürdigen Fund erzählt, sondern das Amulett an einem sicheren Ort versteckt. Im Moment steckte es in einem Stück Pappe und war mit Klebstreifen unter Elenas Schrank befestigt.

Die beiden Mädchen gingen in Elenas Zimmer zurück. Sicherheitshalber schloss Elena ab, bevor sie sich vor den Schrank kniete und nach dem Amulett tastete. Ein kurzer Ruck – dann hielt sie den Pappumschlag in den Händen.

Sie setzte sich mit Miranda aufs Bett, dann wickelte sie das Amulett aus. Es war an einer langen silbernen Kette befestigt und sah aus wie ein Auge, umgeben von einem verschnörkelten Kreis. In der Mitte saß ein rötlicher Stein, der magisch funkelte, sobald man das Amulett bewegte.

Elena schluckte.

»Es ist … irgendwie unheimlich«, flüsterte sie.

Miranda nahm ihr das Amulett ab und legte es auf ihre Handfläche. Dann schloss sie die Augen, als könnte sie auf diese Weise spüren, welche magische Kraft in dem Anhänger steckte. Elena hielt den Atem an. Ihre Freundin kannte sich mit Zauberei besser aus als sie, sie hatte ja auch schon viel länger als Elena höhere Zauberei lernen dürfen …

»Und? Fühlst du was?«

»Es ist … sehr kraftvoll«, murmelte Miranda. »Ich glaube, es ist eine andere Art Magie als die, mit der wir es sonst zu tun haben.«

»*Schwarze* Magie?«, wisperte Elena.

»Möglich«, sagte Miranda. »Ich habe fast den Eindruck, dass das Amulett … irgendwie … lebt.« Sie gab es an Elena zurück, die das Schmuckstück jetzt ganz vorsichtig und mit noch größerem Respekt anfasste.

»Ob man es aufmachen kann wie unseren *Transglobkom*?«, überlegte Elena laut. Das Amulett sah ihrem *Transglobal-Kommunikator* etwas ähnlich.

»Sei lieber vorsichtig«, warnte Miranda.

»Bin ich ja.«

»Ohne Schutzzauber würde ich nicht versuchen, das Ding zu öffnen«, sagte Miranda. »Ich hoffe, dass bei unseren nächsten Lektionen in höherer Zauberei endlich wirklich mal ein vernünftiger Schutzzauberspruch dabei ist – und nicht nur einer, der vor Regen oder Sonnenbrand schützt.«

»Hm«, machte Elena. Sie hatte nur halb zugehört. Wenn sie nur wüsste, wozu das Amulett diente. Ob es auch ein

Verbindungsglied zwischen der Hexen- und der Menschenwelt war? Diente es zur Kommunikation oder war es am Ende sogar ein Tor, ein geheimes *Portal*? Wenn ja, wohin führte es? Oder war es vielleicht dazu da, Dinge oder Wesen in diese Welt hereinzulassen? Wenn sie doch ihren Vater fragen könnte – oder ihre Großmutter!

»Wenn wir das Amulett Papa vor die Nase halten – glaubst du, er erinnert sich daran?«, wollte Elena wissen. »Vielleicht nickt er oder gibt uns sonst ein Zeichen!«

»Keine schlechte Idee«, meinte Miranda. »Das können wir aber nur ausprobieren, wenn wir wirklich ungestört sind. Wenn deine Oma das Amulett in die Finger kriegt, dann sehen wir es nicht wieder, ganz bestimmt. Die nimmt es sich und findet ganz allein raus, wozu es dient.«

»Wenn sie Papa nicht so hassen würde, dann könnte sie uns helfen«, sagte Elena. »Oma hat so viele Kontakte ... Sie kennt bestimmt zig Leute, die sie fragen könnte.«

Großmutter Mona gab sich zwar immer als rechtschaffene und gesetzestreue Hexe aus, aber manchmal rutschte ihr eine Andeutung heraus, dass sie in ihrer Jugend das eine oder andere Experiment unternommen hatte, das an der Grenze der Legalität gewesen war.

»Hast du deine Oma gefragt, ob sie schon mal den Namen *Mafaldus Horus* gehört hat?«, wollte Miranda wissen.

»Nein. Ich ... ich hab mich bisher nicht getraut.« Elena hatte bei dem Gedanken immer ein ungutes Gefühl gehabt. Es war, als würde eine innere Stimme sie warnen, diesen Namen in Monas Gegenwart auszusprechen. Aber vielleicht bildete sich Elena das ja auch nur ein. »Ich bin mir so unsicher, Miranda. Manchmal denke ich, dass wir Oma ins Vertrauen ziehen sollten. Und dann bin ich wieder davon überzeugt, dass sie um keinen Preis etwas von dem Amulett erfahren darf.«

Miranda nickte. »Was deine Oma angeht, da bin ich mir auch nicht sicher. Sie ist undurchschaubar.«

»Und wenn sie Verdacht schöpft, dass wir ihr etwas verheimlichen, dann wendet sie bestimmt einen Wahrheitszauber an … und was dann?« Elena sah Miranda ratlos an. »Sie mag Papa nun mal nicht, und sie würde wahrscheinlich alles tun, um ihm zu schaden.«

»Du hast recht«, sagte Miranda. »Wir müssen sehr vorsichtig sein, wenn wir deinem Vater wirklich helfen wollen. Wir könnten vielleicht mal im Internet nachsehen, ob wir noch mehr über Mafaldus Horus herausfinden – obwohl er ja in der Hexenwelt gelebt hat und nicht hier. Aber *Menschen* suchen immer im Internet, wenn sie schnell eine Information brauchen.«

Miranda war vor einiger Zeit im Schularchiv in der Hexenwelt auf den Namen *Mafaldus Horus* gestoßen. Sie hatte nämlich nach einem Hinweis auf ein wertvolles Amulett gesucht. Angeblich hatte *Mafaldus Horus* eines gehabt. Er war ein berühmter Schwarzmagier gewesen, der vor zwei Jahrhunderten gelebt hatte. Seine Vorfahren sollten aus dem alten Ägypten stammen und etwas mit Seth zu tun haben, der der Mythologie nach seinen Bruder Osiris umgebracht hatte …

»Gute Idee, das mit dem Internet«, sagte Elena. »Nele schwört ja drauf, wenn man Informationen braucht. Und ein Versuch schadet bestimmt nicht.« Sie steckte das Amulett wieder in den Pappumschlag und klebte es unter dem Schrank fest, da war es sicher. Dann schloss sie die Zimmertür auf.

Daphne kam gerade von der Schule zurück und lief an Elenas Zimmer vorbei. Sie sah mürrisch aus.

»Hallo, Daphne«, sagte Elena.

»Hallo, Hexenschwester«, knurrte Daphne. »Lass mich bloß in Ruhe. Ich bin elend schlecht drauf, und wenn ich noch zorniger werde, geht wieder jede Menge Zeugs kaputt. Und komm du mir nicht auch noch mit den weißen Nonnen! Oma hat sich schon beschwert. Dabei kann ich gar nichts für die *Amormagie*, das weiß Mona genau!«

Damit verschwand sie in ihrem Zimmer und knallte die Tür hinter sich zu.

»Wow«, sagte Elena zu Miranda, »die hat bestimmt gerade wieder Stress mit ihrem Menschenfreund. Oder mit Gregor.«

»Oder mit beiden«, meinte Miranda. »Geht Daphne morgen eigentlich auch zu diesem Schulball?«

»Bestimmt«, antwortete Elena. »Sie geht doch immer auf Bälle oder Partys, weil sie Angst hat, dass sie was verpasst.«

In diesem Moment läutete es. Kurz darauf hörte Elena unten im Flur die Stimmen von Jana und Nele.

Miranda grinste. »Na – dann mal los zum Shoppen! Hoffentlich finden wir passende Klamotten. Schließlich ist es unser erster Schulball bei den Menschen – sozusagen die Premiere!«

Jeder Zauber sei gut überlegt!

Elena blinzelte. Vor ihr zuckten farbige Lichtblitze. Die großen Fensterflächen waren abgedunkelt und in der Aula herrschte Disco-Atmosphäre.

»Schon ganz schön voll«, meinte Miranda. Sie musste schreien, um sich verständlich zu machen. Aus den Lautsprechern dröhnte Musik. Auf der Bühne spielten die *Blue Turkeys*, eine Band, die aus fünf Jungen bestand.

Nele kannte alle mit Namen. »Der Sänger heißt Leif. Er ist dieses Jahr durchs Abitur gerasselt, deswegen ist er noch hier. Der am Keybord ist Markus, er geht in die elfte Klasse. Der Drummer ist Oliver, Kevins bester Freund.« Sie winkte ihm zu, um sich bemerkbar zu machen. »Und die Gitarristen sind Zwillinge, Jonas und Till. Sie gehen in dieselbe Klasse wie Kevin und Oliver.«

Elena hatte Herzklopfen vor Aufregung. Die bunten Lichtblitze irritierten sie. Sie kannte solche Erscheinungen von Zauberduellen. Manchmal waren auch Schabernack-Zauberer durch den Ort gezogen und hatten mit ihren Zauberstäben ein flirrendes Leuchtgewitter hervorgerufen. An diesen bunten Disco-Lampen war jedoch nichts Magisches, nur reine Technik …

»Komm«, sagte Nele und fasste Elena am Arm. »Ich glaube, dort vorne ist Jana. Wow, sieht die toll aus!«

Elena hatte Jana fast nicht erkannt. Sie trug einen engen Minirock und ein glänzendes T-Shirt. Die blonden Haare hatte sie nach hinten gekämmt und hochgesteckt, wodurch sie wie fünfzehn oder sechzehn aussah. Außerdem hatte sie sich geschminkt. Noch nie zuvor war Elena aufgefallen, dass Jana wunderschöne Augen hatte.

Jana lächelte. »Glaubt ihr, so gefalle ich Tom?«

»Garantiert«, sagte Miranda sofort. »Du brauchst eigentlich gar kein Waselnussöl mehr.«

»Sicher ist sicher«, meinte Jana und deutete auf ihre Handtasche. »Ich habe das Fläschchen dabei. Ich hab mich nicht getraut, das Öl allein aufzutragen. Muss man dazu nicht einen Zauberspruch aufsagen oder so?«

»Schschsch«, zischte Elena warnend.

Jana schlug sich erschrocken auf den Mund. Aber zum Glück war niemand sonst in unmittelbarer Nähe, der zugehört hatte.

»Mit Zauberspruch wirkt das Waselnussöl doppelt oder drei Mal so stark«, flüsterte Elena.

»Am besten gehen wir irgendwohin, wo wir auch ganz sicher ungestört sind.«

»Aufs Klo?«, fragte Jana.

Elena nickte.

Miranda hielt Jana am Arm fest. »Du hast es dir aber gut überlegt, ja? Du willst wirklich mit Tom zusammenkommen?«

»Ja.« Jana biss sich auf die Lippe. »Ich wünsche es mir schon so lange, dass mich Tom beachtet. Aber ich bin nur Luft für ihn … Sicher, es ist nicht ganz fair, dass ich mit

Waselnussöl nachhelfe, aber ich weiß mir nicht mehr anders zu helfen!«

»Okay«, meinte Nele. »Dann verhilf Jana endlich zu ihrem wohlverdienten Liebesglück, Elena!«

»Ich kann machen, dass Tom sich in Jana verliebt, aber ob die beiden glücklich werden, darauf habe ich keinen Einfluss«, stellte Elena klar.

Nele tat so, als würde sie ein betroffenes Gesicht machen. »Oh, für deine Zauberei gibt's keine Garantie? Hab ich vergessen, das Kleingedruckte durchzulesen?« Sie grinste.

»Schschsch!«, machte jetzt auch Jana. »Es muss wirklich kein anderer mitkriegen, was hier abgeht. Komm, Elena!« Sie zog Elena in Richtung Mädchenklo.

Im Klo herrschte ein Riesenandrang. Vor den Spiegeln standen etliche Mädchen, die ihre Lippen nachzogen oder ihre Wimpern tuschten. Jana und Elena wechselten einen Blick.

»In die Kabine?«, fragte Jana leise.

Elena nickte. Sie hoffte, dass niemand eine blöde Bemerkung fallen ließ und sich fragte, was zwei Mädchen zusammen in einer Klokabine machten. Aber Jana hatte schon eine Lösung parat.

»Zu dumm, dass mein BH aufgegangen ist«, sagte sie laut. »Hilfst du mir mal, Elena?«

»Klar«, sagte Elena, und die beiden zogen sich in eine der engen Kabinen zurück.

Jana holte das kleine Fläschchen mit Waselnussöl aus der Handtasche. Elena hatte es vor einiger Zeit aus Monas Vorrat geklaut und Jana geschenkt.

Elena schraubte den Verschluss ab und träufelte vorsichtig ein paar Tropfen auf Janas Haar. Dabei murmelte sie:

»Liebe macht das Leben schön,
Tom soll bald mit Jana gehn.
Soll sie lieben, soll sie küssen,
soll sie fürchterlich vermissen.
Soll ihr Liebesbriefe schicken,
soll kapiern, wie Mädchen ticken.«

Sie atmete tief durch, schraubte das Fläschchen wieder zu und gab es Jana zurück. Ein Tropfen war auf ihrem Handgelenk gelandet, den sie gedankenlos an ihrer Jeans abstreifte. Erst dann wurde ihr bewusst, was sie getan hatte. Mist! Aber es war ja nur ein einziger Tropfen ... Ob das so schlimm war?

»Danke, Elena«, sagte Jana und hatte vor Rührung Tränen in den Augen. »Das war so ein schönes Gedicht. Du bist echt lieb, dass du das für mich machst.«

»Hoffentlich nützt es etwas«, sagte Elena. »Ich habe versucht, in meinen Zauberspruch einen Harmonie-Faktor einzubauen. *Soll kapiern, wie Mädchen ticken.* Damit dich Tom auch wirklich versteht. Hach, wenn ich doch schon mein Hexendiplom hätte, dann wäre ich in solchen Dingen sicherer ...«

»Okay«, sagte Jana, die Hand schon am Türgriff. »Du hast getan, was du konntest. Gehen wir wieder raus ...«

Die Musik schlug ihnen entgegen. Die Band hatte deutlich an Lautstärke zugelegt. Elena duckte sich unwillkürlich, als wieder ein roter Lichtblitz über sie hinwegflog. Sie konnte nichts dafür, es war einfach der Reflex, einem magischen Angriff auszuweichen.

Plötzlich, wie aus dem Nichts aufgetaucht, stand Kevin vor ihr und lächelte sie an.

»Hallo.«

»Ha-hallo«, stammelte Elena erschrocken. Verdammt, der Tropfen Waselnussöl an ihrer Hose! Hoffentlich hatte er keinen Einfluss auf Kevin!

»Bist du schon lange da?«, fragte Kevin und lächelte noch mehr.

»E-eben erst gekommen«, antwortete Elena. »Vor vi-vielleicht fünf Minuten.« Sie räusperte sich. »Wenn ... wenn du Nele suchst, sie muss hier auch irgendwo sein ...«

Kevin schüttelte seinen Kopf. »Warum soll ich Nele suchen? Sie ist doch meine Schwester, ich seh sie jeden Tag. Ich will mich viel lieber mit dir unterhalten. Du siehst echt supertoll aus, Elena.«

»Oh, äh ... danke ...«, stotterte Elena. Der Tropfen, dieser verdammte Tropfen!

»Möchtest du was trinken, Elena?«, fragte Kevin und berührte leicht ihren Arm. »Ich kann dir eine Cola holen. Du magst doch Cola, oder?«

»Eine Cola, oh ja«, sagte Elena. »Das wär toll. Ich bin total durstig.« Hoffentlich zog Kevin ab. Dann würde sie sich einfach verdrücken ...

Er schien ihre Gedanken zu lesen. »Oder willst du zur Bar mitkommen? Es gibt dort auch Popcorn oder Brezeln. Du bist eingeladen. Ich kauf dir alles, was du möchtest.«

Elena schüttelte den Kopf. »Ich hab keinen Hunger, danke.« Hilfe suchend sah sie zu Jana, in der Hoffnung, dass diese sie von Kevin befreite. Aber Jana hatte noch gar nicht mitbekommen, dass sich Elena mit Kevin unterhielt; sie verrenkte sich den Hals, weil sie nach Tom Ausschau hielt.

Kevin sah sie noch immer an. Er hatte hellblaue Augen und ganz dunkle Wimpern, obwohl seine Haare rötlich waren. Elena wurde es ganz merkwürdig bei diesem intensiven Blick, und sie fühlte, wie ihr Herz immer schneller klopfte.

Weg, ich muss hier weg!

»Warte auf mich«, sagte Kevin. »Ich hol dir die Cola und bin gleich wieder da.«

Elena nickte wie hypnotisiert.

Kaum war Kevin verschwunden, kam wieder Leben in sie. »Komm, Jana, lass uns von hier abhauen! Kevin darf mich nachher nicht mehr finden.«

»Nein, warte«, sagte Jana. »Von hier aus hat man einen total guten Überblick. Ich kann den Eingang im Auge behalten, und wenn Tom kommt, dann seh ich ihn bestimmt.«

»Vielleicht ist er ja längst da«, meinte Elena ungeduldig. »Außerdem warten Nele und Miranda auf uns. Komm.«

Aber Jana blieb stur. »Geh ruhig zu den anderen, ich komm später nach«, sagte sie.

Elena verdrehte genervt die Augen. Nicht nur verliebte Hexenmädchen verhielten sich merkwürdig, anscheinend war es bei Menschen genauso!

Jana packte Elena am Arm. »Oder kannst du mir vielleicht sagen, wo Tom ist? Ich meine, jetzt im Moment?«

»Na ja …« Elena stellte sich auf die Zehenspitzen und reckte den Hals. »Er könnte bei der Bühne sein, da stehen eine Menge Jungs rum …«

»Nein, Elena, ich meine, kannst du ihn *mit deinen Kräften* finden?«

Elena seufzte. Jana war anstrengend. Natürlich war es möglich herauszufinden, ob Tom bereits irgendwo in der Aula war. Dazu musste sie einen Gegenstand nehmen, der Tom gehörte, und die Augen schließen. Nach wenigen Sekunden würde ein ganz besonderer Sinn erwachen, und

Elena würde genau wissen, wo Tom zu finden war. Diesen Trick beherrschten auch Hunde; bei ihnen war es allerdings die Nase, die sie zum Ziel führte, während der Suchsinn bei Hexen eher durch eine Art *Gedankenfunk* aktiviert wurde. Ohne persönlichen Gegenstand ging es auch, aber es dauerte länger, und man musste sich sehr stark konzentrieren – was bei der lauten Musik und den zuckenden Lichtblitzen allerdings extrem schwierig sein würde. Elena glaubte nicht, dass sie es schaffen würde.

»Ich ... ich werde Tom für dich *herbeirufen*, okay?«, sagte sie zu Jana.

»Du willst ihn rufen?«, fragte Jana entsetzt.

»Nur in Gedanken«, erklärte Elena.

»Ja, das ist ja das Schlimme«, meinte Jana. »Ihr kriecht mit eurer Hexenkraft einfach ungefragt in unsere Köpfe!«

Elena fühlte sich angegriffen. »Ganz so ist es auch wieder nicht! Soll ich dir jetzt helfen oder nicht?«

»Sorry, Elena. Tut mir leid. Ich wollte echt nicht ...«

»Schon gut«, sagte Elena. »Ich tue deinem Tom nichts an, bestimmt nicht! Wenn er hier im Raum ist, dann wird er in spätestens fünf Minuten ...«, sie überlegte und schaute sich nach einem markanten Punkt um, »an dieser Marmorsäule vorbeikommen.«

Sie wollte einen einfachen Zauber benutzen, der Tom zwingen würde, zu dieser Säule zu gehen. *Bewegungszwang Grad 1* gehörte zu leichter Magie, und viele Zauberer oder Hexen benutzten ihn für sich selbst, wenn sie sich nicht dazu überwinden konnten, Sport zu treiben. Der Zauber löste in dem Betroffenen den Wunsch aus, sich zu bewegen, und man konnte ein Ziel oder eine Strecke eingeben, etwa *Fünf Kilometer* oder *Bis zum Waldrand*.

Elena versah den Bewegungszauber mit dem Zusatz *Bis zu dieser Säule,* konzentrierte sich in Gedanken auf Tom, kreuzte unauffällig die Finger und murmelte leise die Worte:

»Tom, du hast den Wunsch zu gehen,
bleibe daher nirgends stehen,
du wirst ohne zu verweilen
bis zu dieser Säule eilen.«

Jana hatte vor Aufregung und Nervosität rote Wangen.

»Wird es auch klappen, Elena? Und wird das Waselnussöl auch wirklich wirken?«

»Ich habe alles getan, was in meiner Macht steht«, versicherte Elena. »Wenn es nicht funktioniert, dann ist es vom Schicksal einfach nicht so gewollt. Oder es gibt einen Gegenzauber, der meinen Zauber wirkungslos macht – aber das ist eher unwahrscheinlich, weil wir ja hier in der Menschenwelt sind.«

»Zauber?«, wiederholte hinter ihr eine bekannte Jungenstimme. »Menschenwelt?«

Elena wirbelte herum. Hinter ihr stand Kevin, in jeder Hand eine Flasche Cola.

»Oh«, sagte Elena erschrocken. Sie hätte sich ohrfeigen können für ihren Leichtsinn. Warum hatte sie nicht leiser gesprochen?

Aber Jana rettete die Situation. »Elena hat gerade von einem Fantasyfilm erzählt, den sie im Kino gesehen hat«, log sie. »Klingt unheimlich spannend. Den muss ich mir unbedingt auch ansehen.«

»Wie heißt denn der Film?«, fragte Kevin und reichte Elena eine Flasche. »Hier. Geschenkt. Fantasyfilme mag ich übrigens auch.«

»Danke.« Elena zermarterte sich den Kopf. Eine Ausrede, sie brauchte eine Ausrede. »Äh … den Titel weiß ich nicht mehr, aber es war ein englischer Titel … äh … wie ging der noch gleich?«

»Elena hat sich den Film im Original angesehen«, ergänzte Jana.

»Im Original?« Kevin war beeindruckt. »Respekt.«

»Elena war nämlich lange im Ausland«, redete Jana weiter. »Ziemlich lange sogar. Und der Film läuft noch gar nicht bei uns. Es geht um einen Zauberer, der Stress hat mit anderen und der …«

Kevin sah Elena mit noch größerem Interesse an. Elena wünschte sich, dass Jana jetzt den Mund hielt, aber sie schien Spaß an der Lügengeschichte gefunden zu haben. Elena saugte an ihrem Strohhalm. Die Cola war eiskalt.

Da entstand in der Menge Gedränge, ein paar Mädchen murrten unwillig, weil sie einfach beiseitegeschoben wurden. Dann tauchte Tom auf. Er blieb vor der Säule stehen und starrte sie an. Anscheinend fiel ihm nicht ein, was er eigentlich da wollte.

Jana warf Elena einen nervösen Blick zu und holte tief Luft.

»Soll ich?«

»Na klar.« Elena nickte. »Los, geh hin.«

Jana machte ein paar Schritte auf Tom zu. Jetzt schaute er endlich in ihre Richtung und lächelte schwach. Elena hoffte sehr, dass das Waselnussöl seine Wirkung entfalten würde. Janas Enttäuschung wäre sonst bestimmt grenzenlos …

»Ich wollte mich eigentlich schon lange mal mit dir unterhalten«, sagte Kevin zu Elena. »Aber du besuchst nur immer Nele. Ich glaube, ich bin dir noch gar nicht aufgefallen.«

»Klar bist du mir schon aufgefallen«, entgegnete Elena. »Außerdem vergesse ich nie ein Gesicht.«

»Wollen wir nicht irgendwohin gehen, wo es nicht so laut ist?«, fragte Kevin, den Mund jetzt dicht an ihrem Ohr. »Hier kann man ja gar nicht reden.«

Wenn ein Junge in ein Mädchen verliebt ist, dann versucht er, sie von den anderen abzusondern, schoss es Elena durch den Kopf, und sie hoffte, dass sie sich den Satz merken würde – für ihren Forschungsauftrag über menschliches Verhalten.

»Lass uns ein paar Minuten vor die Tür gehen«, schlug ihr Kevin vor.

Elena schüttelte den Kopf. »Ich möchte lieber tanzen«, sagte sie.

»Okay, ganz wie du willst.« Kevin lachte sie an, dann nahm er ihren Arm und zog sie in Richtung Tanzfläche. Elena sah Miranda und Nele bei einigen Klassenkameraden stehen und schaffte es gerade noch, Miranda die Colaflasche in die Hand zu drücken.

»He, nicht so schnell ...«

Aber Kevin hörte sie nicht oder wollte nicht hören. Ob der Tropfen Waselnussöl auf Elenas Hose daran schuld war? Erbarmungslos zog er sie weiter. Schon waren sie auf der Tanzfläche angekommen und die Musik war hier noch lauter. Über ihnen drehte sich eine Discokugel, und die blitzenden Flächen wirkten auf Elena fast hypnotisch. Dazu kamen die bunten Lichtblitze, die ihr direkt in die Augen schossen und tief in ihr Gehirn einzudringen schienen. Elena kam sich vor, als wäre sie permanentem Zauber ausgesetzt. Sie war unfähig zu denken oder sich gegen Kevin zu wehren. Ihre Füße bewegten sich automatisch im Takt der Musik, als hätte sie *tanzende Schuhe* an. Ihre Beine gehorchten nicht ihrem Willen, sondern schienen zwei eigensinnige Wesen zu sein, die sich Kevin anpassten. Elena hatte sich bisher nicht sonderlich für das Tanzen interessiert, aber jetzt sah es so aus, als hätte sie nie etwas anderes getan. Von Nele wusste sie, dass Kevin bereits einen Tanzkurs besucht hatte. Er führte sie und wirbelte sie herum. Sie drehte sich im Kreis, ihr wurde davon noch schwindeliger, aber sie blieb zum Glück auf den Beinen. Sie tanzte wie in Trance und merkte, dass die anderen sie und Kevin für das perfekte Paar hielten; man machte ihnen automatisch Platz, damit Kevin seine Figuren ausführen konnte. Er zog Elena an sich vorbei und an sich herum, es ging vor und zurück, dann plötzlicher Richtungswechsel …

Bin ich das noch?, dachte Elena voller Panik. Wer tanzt hier eigentlich?

Sie musste an Zauberflüche denken, bei denen die Opfer bis zum Morgengrauen tanzten und dann bewusstlos zusammenbrachen. Ihr schoss das Stichwort *Veitstanz* durch den Kopf, von dem sie schon gehört hatte; Monas Schwester Inana war vor vielen Jahren daran erkrankt und wahnsinnig geworden. Niemand hatte ihr helfen können, und sie hatte sich schließlich selbst erlöst, indem sie sich in einen grauen, flachen Flusskiesel verwandelt hatte, der noch eine Weile auf dem Wasser herumgehüpft war, bevor er für immer in den Wellen versank.

Schließlich war das Lied zu Ende. Elena blieb heftig atmend stehen und Kevin legte ganz selbstverständlich den

Arm um sie. Sie stieß ihn zur Seite. Es war ihr zu viel Nähe; sie schwitzte und wollte Abstand. Aber Kevin kapierte es nicht.

Er lachte sie an und zog sie noch enger an sich, als sei alles nur ein großer Spaß und flirtiges Gezicke von Elena. Sein Kopf war ganz dicht über ihrem; er beugte sich hinab und sein Kinn berührte ihre Haare …

Jetzt hatte Elena genug. Sie fühlte sich gefangen, wie fremdgesteuert. Sie wollte nicht, dass Kevin ihr so dicht auf die Pelle rückte. Verdammtes Waselnussöl! Sie boxte ihn gegen die Brust, schnippte mit den Fingern, und im nächsten Moment erlosch das Licht. Es war stockfinster in der Aula, ein paar Mädchen kreischten erschrocken, doch im nächsten Moment war das Licht schon wieder da. Aber Elena stand nicht mehr auf der Tanzfläche, sondern an der Marmorsäule, denn sie hatte mit einem *Notzauber* den Platz gewechselt. So ein auffälliger Zauber war vielleicht nicht ganz klug gewesen, aber sie hatte sich nicht mehr anders zu helfen gewusst. Mit klopfendem Herzen lehnte sie sich gegen die Säule und versuchte, gegen ihre Panik anzukämpfen.

Plötzlich war Miranda an ihrer Seite. »Was ist los, Elena?«, fragte sie besorgt. »Ist dir schlecht?«

»Ich hab die ganze Zeit mit Kevin tanzen müssen«, stöhnte Elena. »Es war, als hätte *er* mich verhext. – Lass uns von hier verschwinden, Miranda. Wenn er mich entdeckt, hab ich ihn für den Rest des Abends am Hals. Ich habe einen Tropfen Waselnussöl auf meiner Jeans – die Wirkung ist verheerend.«

»Du Arme!« Miranda hakte Elena unter und begleitete sie ins Freie. Elena atmete auf, als sie die frische Luft spürte und das bunte Lichtgewitter nicht mehr ertragen musste.

Miranda ließ sich jetzt noch einmal in allen Einzelheiten erzählen, was auf der Tanzfläche passiert war.

»Diese Lichtblitze waren so schrecklich, Miranda«, klagte Elena. »Ging dir das auch so? Ich dachte die ganze Zeit, dass magische Flüche auf mich abgeschossen werden. Und dann ist mir Kevin immer dichter auf die Pelle gerückt. Ich wusste mir einfach nicht mehr anders zu helfen, als das Licht zu löschen und mich wegzuzaubern.«

»Ich fand die bunten Blitze auch erst unangenehm«, sagte Miranda. »Aber dann habe ich mich schnell dran gewöhnt. Wahrscheinlich hast du hauptsächlich wegen Kevin die Panik gekriegt.«

»Ich will nach Hause«, sagte Elena, die sich noch immer ziemlich elend fühlte. »Wenn ich noch länger hierbleibe und wieder mit Kevin tanzen muss, dreh ich noch durch … Und vielleicht passiert dann etwas Schreckliches …« Sie sah Miranda entschuldigend an. »Es tut mir leid, wenn ich dir jetzt den Spaß verderbe. Aber ich glaube, ich mag keine Schulbälle. Du kannst gern noch bleiben, Miranda, aber ich rufe jetzt meine Mutter an, damit sie mich abholt.«

Sie zog den *Transglobkom* aus ihrem Ausschnitt hervor.

Miranda stellte sich noch rechtzeitig vor sie. »Pass doch auf. Wir müssen vorsichtig sein, wenn wir unseren *Transglobkom* in der Öffentlichkeit benutzen.«

»Du siehst ja, wie durcheinander ich bin«, jammerte Elena und drückte sich dichter an die Hauswand, damit niemand zusehen konnte, wenn gleich die durchsichtige Kugel mit dem Gesicht ihrer Mutter erschien.

»Vielleicht war auch was in der Cola, die mir Kevin spendiert hat. Sie hat sehr merkwürdig geschmeckt«, überlegte sie weiter.

»Kann schon sein«, meinte Miranda. »Ich hab mitgekriegt, dass es auch Cola mit Rum gibt. Bestimmt hat Kevin gedacht, dass er ein leichtes Spiel hat, wenn er dich mit Alkohol abfüllt.«

Elena klappte den *Transglobkom* auf und konzentrierte sich auf ihre Mutter. In dem Amulett formte sich eine Blase, löste sich und stieg ein Stück höher. Gleich darauf erschien darin Jolandas Kopf.

»Hallo, Elena, Liebes, was gibt's?«, fragte Elenas Mutter und lächelte ihre Tochter an.

»Ich bin gerade am Bügeln. Sehr umständlich, wie die Menschen das machen. Ich verstehe nicht, dass sie so gerne knitternde Stoffe tragen«, grübelte sie.

»Kannst du mich bitte von der Schule abholen?«, bat Elena mit zitternder Stimme.

»Jetzt schon?«, wunderte sich Jolanda. »Du bist doch noch nicht mal zwei Stunden weg. Oh weh, du siehst ja schlecht aus, Elena. Was ist denn passiert?«

»Das erzähl ich dir nachher«, murmelte Elena, die keine Lust hatte, ihrer Mutter am *Transglobkom* ausführliche Erklärungen zu geben.

»Na gut, dann werde ich jetzt mal das Bügeleisen ausschalten«, sagte Jolanda. »Ich warte vor dem Schultor.«

»Danke, Mama.«

Die Blase zerplatzte. Elena klappte den *Transglobkom* zu und stopfte ihn in ihren Ausschnitt zurück.

»Ich glaube, ich hab auch genug«, meinte Miranda.

»Du musst nicht meinetwegen mitkommen, wenn du noch bleiben willst«, wehrte Elena gleich ab.

»Ich hab eigentlich auch keine Lust mehr. Ich wollte nur mal sehen, wie ein Schulball so ist. Jetzt weiß ich es.« Miranda rieb sich die Schläfen. »Von den Lichtblitzen habe ich fast Kopfweh bekommen.«

»Ich auch«, sagte Elena. »Daphne findet solche Veranstaltungen ja großartig. Ich hab sie vorhin mal kurz gesehen, aber sie hat sich mit ihrem Typen wahrscheinlich schnell lieber verdrückt.«

Miranda grinste. Dann wurde sie wieder ernst. »Eigentlich müssten wir Nele und Jana Bescheid geben, dass wir schon heimfahren. Schade, dass wir ihnen keine SMS schreiben können.«

Elena nickte. Das wäre jetzt schon ziemlich praktisch gewesen. Aber Hexen ertrugen keine Handys, sie bekamen davon Kopfschmerzen, Stechen in den Schläfen oder Ohrensausen. Elena und Miranda empfanden es schon als unangenehm, wenn Jana oder Nele ihre Handys benutzten. Anscheinend vertrugen sich die Handystrahlen nicht mit den Hexenzauberkräften.

»Die beiden werden schon merken, wenn wir nicht mehr da sind.« Elena hätte den Freundinnen zwar auch lieber Bescheid gesagt, aber keine zehn Hexenbesen brachten sie jetzt in die Aula zurück.

Langsam ging sie mit Miranda durch den Schulhof.

»Ich glaube, das mit der Liebe ist ziemlich kompliziert«, sagte Elena leise. »Glaubst du, dass ich in Kevin verliebt bin? Habe ich vielleicht deshalb die Kontrolle verloren?«

»Unsinn«, sagte Miranda. »Du kommst mir überhaupt nicht verliebt vor. Du hast einfach nur Angst bekommen, und dann kann eine Hexe auch schon mal die Kontrolle über sich verlieren. Und diese Lichtblitze haben dich völlig durcheinandergebracht. Mach dir keine Sorgen. Du würdest es bestimmt merken, wenn du verliebt bist.«

Kleine Zaubereien erhalten die Freundschaft

Jana konnte sich nicht auf ihr Klavierspiel konzentrieren. Jetzt übte sie schon über eine Viertelstunde lang immer wieder das *C-Dur Präludium* von Bach, aber ihre Finger wollten ihr einfach nicht gehorchen. Schließlich ließ sie die Hände sinken und starrte auf das Notenblatt, ohne etwas wahrzunehmen. Sie dachte an Tom.

Hatte das Waselnussöl nun geholfen oder nicht? Jana war sich nicht sicher. Tom war ihr zwar am gestrigen Abend nicht von der Seite gewichen und sie hatten auch sehr lange miteinander getanzt. Aber dann, als Jana ihn einmal in eine ruhige Ecke gelotst hatte, um sich mit ihm zu unterhalten, hatte er kaum den Mund aufgemacht. Sie hatte alle möglichen Themen angeschnitten, in der Hoffnung, dass Tom irgendwann einmal etwas mehr von sich erzählte. Aber das Gespräch war dann immer schon nach ungefähr zwei Sätzen versickert.

Ist er in mich verliebt oder nicht?, grübelte Jana und knetete ihre Finger. Wenn sie das nur wüsste. Geküsst hat er mich nicht …

Einmal hatte es fast so ausgesehen. Ihre Köpfe hatten sich schon auf zehn Zentimeter genähert, und Jana hatte die Augen geschlossen und darauf gewartet, Toms Lippen auf ihrem Mund zu spüren. Aber nichts war passiert! Es war leider kein Kuss gekommen.

Jana seufzte.

Immerhin hat er den ganzen Abend mit mir verbracht, dachte sie, um sich zu beruhigen. Dann kann ich Tom doch nicht ganz egal sein. Und vielleicht hat er mich nur nicht geküsst, weil er sich nicht getraut hat. Oder weil wir nicht völlig ungestört waren ...

Ihr Bauch sagte ihr jedoch etwas anderes.

Er ist nur bei dir geblieben, weil das Waselnussöl ihn gebannt hat. Aber verliebt hat er sich nicht in dich ...

Ob Elena vielleicht den falschen Zauberspruch angewandt hatte? Sie hatte ja selbst gesagt, dass sie noch nicht ihr Hexendiplom besaß. Vielleicht hätte doch lieber Miranda hexen sollen!

Die Tür zum Wohnzimmer ging auf und Frau Kleist kam herein.

Jana riss sich zusammen und fing wieder an zu spielen. Ihre Mutter erwartete, dass sie um diese Zeit übte.

Frau Kleist trat hinter Jana und sah zu. Prompt verhedderten sich Janas Finger und sie vermurkste die nächsten Töne.

»Ich kann nicht spielen, wenn du hinter mir stehst«, beschwerte sich Jana. »Das macht mich ganz nervös.«

»Herr Braun hat den Eindruck, dass du in der letzten Zeit zu wenig übst«, sagte Frau Kleist und legte ihrer Tochter die Hand auf die Schulter.

»Ich muss einfach unglaublich viel für die Schule tun«, fauchte Jana. »Was glaubst du, was da los ist? Wir schreiben eine Arbeit nach der anderen. Und wenn ich schlechte Noten heimbringe, passt es dir ja auch nicht.«

Frau Kleist zog beleidigt ihre Hand zurück. Sofort tat es Jana leid, dass sie so mit ihrer Mutter geredet hatte. Jana wusste selbst, dass Herr Braun recht hatte und sie wirklich zu wenig übte. Früher hatte das Klavierspiel eine viel größere Bedeutung für Jana gehabt. Frau Kleist wünschte sich, dass Jana einmal an der Musikakademie aufgenommen werden würde, und bis vor Kurzem hatte sich Jana das auch gewünscht. Sie hatte es sich schön vorgestellt, eines Tages vielleicht einmal vor großem Publikum auf der Bühne zu spielen.

Aber jetzt? Seit die beiden neuen Mädchen Elena und Miranda in ihre Klasse gekommen waren, hatte sich vieles geändert. Andere Dinge waren plötzlich wichtiger geworden. Und außerdem war da noch die Sache mit Tom ...

»Wenn du ein Problem hast, Jana, dann kannst du ruhig mit mir darüber reden«, sagte Frau Kleist. »Du weißt, ich habe für alles Verständnis.«

Die schmalen Lippen verrieten, dass sie noch immer eingeschnappt war, und, wie Jana ihre Mutter kannte, würde sie das wahrscheinlich auch noch in den nächsten zwei Tagen sein.

Frau Kleist hatte sich schon lange von ihrem Mann getrennt, und Jana war ihr einziges Kind. Ihre Mutter hatte schon oft zu ihr gesagt, dass Jana für sie das Wichtigste auf der Welt sei. Jana fand das auch völlig in Ordnung. Ihre Mutter war auch sehr wichtig für sie. Aber inzwischen hatte Jana immer öfter das Gefühl, dass ihre Mutter sie einengte. Ständig wollte sie alles wissen: mit wem sich Jana traf, wie lange sie wegbleiben würde, was sie mit ihren Freundinnen machte ... Jana wünschte sich oft, dass ihre Mutter nicht dauernd fragen, sondern etwas mehr Vertrauen zu ihr haben würde. So fühlte sich Jana kontrolliert, und das machte sie langsam wütend.

Und über ihr Problem konnte sie mit ihrer Mutter bestimmt nicht reden, jedenfalls nicht über dieses! Wie würde sich das denn anhören, wenn Jana zu ihr sagen würde: »Hör mal, Mama, meine Freundin ist zufällig eine Hexe, und sie hat für mich einen Liebeszauber veranstaltet, aber ich weiß nicht, ob er bei Tom auch tatsächlich gewirkt hat ...«

Wahrscheinlich würde Frau Kleist (wie die meisten anderen Mütter auch) Jana schleunigst zum nächsten Psychiater schleppen ...

Zum Glück läutete in diesem Moment das Telefon.

»Das ist bestimmt für mich.« Jana stürzte aus dem Wohnzimmer, um den Hörer abzuheben.

Am anderen Ende der Leitung meldete sich Nele. »Hallo, Jana. Ruf ich zu früh an oder stör ich dich gerade bei etwas ganz Wichtigem?«

»Ich bin schon lange wach«, antwortete Jana. »Und ich übe gerade Klavier, aber du störst wirklich nicht, ganz im Gegenteil.«

Nele lachte. Sie wusste, dass Janas Leidenschaft für das Klavierspielen etwas nachgelassen hatte.

»Ich wollte nur mal hören, wie's dir geht. Hast du eine Ahnung, warum Elena und Miranda gestern Abend so schnell verschwunden sind?«

»Ich hab keinen Schimmer«, sagte Jana. »Sie haben sich auch noch nicht bei mir gemeldet. Vielleicht ruf ich nachher mal an.«

»Ich hab Elena gerade eine E-Mail geschickt«, sagte Nele. Sie dämpfte ihre Stimme. »Kevin war heute Morgen ganz komisch. Er hat mir erzählt, dass Elena von einer Sekunde zur anderen von der Tanzfläche verschwunden ist und dass das nicht mit rechten Dingen zugegangen sein kann.«

Jana zuckte unwillkürlich zusammen. War ihre Freundin so leichtsinnig gewesen?

»Hat Elena gezaubert?«, flüsterte sie in den Hörer und drehte sich um, um rechtzeitig zu sehen, wenn ihre Mutter kam.

»Vermutlich. Ich weiß nicht, was sie dazu getrieben hat – sonst ist sie ja immer vorsichtig«, sagte Nele. »Natürlich habe ich versucht, Kevin die Sache auszureden. Ich hab ihm gesagt, dass ihm das nur so vorgekommen ist, weil er bestimmt wieder eine Cola mit Schuss getrunken hat. – Ich muss Elena unbedingt warnen, dass sie in der nächsten Zeit vorsichtig ist. Nicht nur wegen Kevin, sondern hauptsächlich wegen Oliver.«

»Wegen Oliver?«, fragte Jana nach. »Was hat denn der damit zu tun?«

»Ach, Oliver ist ein ganz merkwürdiger Typ. Seit dem Frühjahr interessiert er sich für Okkultismus, läuft ständig in schwarzen Klamotten rum und kauft sich ganz merkwürdige Zeitschriften. Ich würde ihm sogar zutrauen, dass er sich nachts auf Friedhöfen rumtreibt. Ich hab immer gedacht, dass diese Phase nichts zu bedeuten hat, sondern irgendwann vorbeigeht, aber wenn Oliver nun Kevin mit seinen Spinnereien ansteckt …« Nele beendete den Satz nicht.

»Dann sind unsere Hexenfreundinnen in Gefahr«, antwortete Jana erschrocken.

»Genau«, sagte Nele.

»Denn wie ich Oliver einschätze, würde er liebend gerne mal Jagd auf echte Hexen machen …«

»Ich schwöre dir, Oliver, sie ist am Samstag einfach verschwunden«, sagte Kevin. »Mitten auf der Tanzfläche. Von einer Sekunde auf die andere war sie nicht mehr da, als hätte sie sich in Luft aufgelöst. Ich hab mich bestimmt nicht getäuscht.«

»Hör mal, Alter, vielleicht solltest du mal zum Arzt gehen und deine Augen checken lassen.« Oliver grinste.

»Du glaubst mir nicht.« Kevin schüttelte den Kopf und ließ sich in den uralten Korbstuhl fallen, der warnend knarzte. Hier im Keller hatte Oliver sein »Arbeitszimmer« eingerichtet: zwei Spielekonsolen, ein Computer, ein Dartspiel und eine Karaoke-Anlage. An der Wand lehnte ein zusammengeklapptes Tischfußballspiel. Die Wände waren mit Postern und Wimpeln seiner Lieblingsfußballmannschaft *Schalke 04* dekoriert.

Auf dem Boden lag eine Matratze, auf der Oliver manchmal auch schlief, wenn er es nicht mehr schaffte, sich nach vier Stunden Videospielen hoch in sein Zimmer zu schleppen. An einer Wand standen Regale, die Oliver mit DVDs, CDs, Computerzeitschriften und verschiedenen Sammelalben zugestopft hatte.

»Ich hab von Anfang an gespürt, dass etwas an Elena anders ist«, murmelte Kevin und schaute dabei auf seine Fußspitzen. Obwohl Oliver sein bester Freund war, fiel es ihm nicht leicht, mit ihm über Elena zu reden. Aber er *musste* unbedingt mit jemandem reden, sonst wurde er verrückt. »Sie fasziniert mich, seitdem sie zum ersten Mal meine

Schwester besucht hat. Ich hab ihr damals die Haustür aufgemacht – und es hat mich wie der Blitz getroffen, wenn du verstehst, was ich meine.«

Oliver sah Kevin nachdenklich an. »Okay, dich hat's eben erwischt. So was soll es ja geben. Du siehst die Braut und denkst: die oder keine! – Zum Glück ist mir das noch nicht passiert.«

»Es war wie verhext«, bestätigte Kevin. »Elena ist mir einfach nicht mehr aus dem Kopf gegangen, ich konnte machen, was ich wollte. Und ich hatte keine Ahnung, was ich tun kann, um sie auf mich aufmerksam zu machen. Ich hab mich nicht getraut, sie einfach anzuquatschen – auch nicht, als sie wieder zu Nele gekommen ist. Sie war nämlich nie allein, immer war ihre komische Cousine Miranda dabei.«

»Stopp, Alter«, sagte Oliver und hob abwehrend die Hände. »Also wenn du jetzt von mir verlangst, dass ich diese Miranda übernehme, dann tut's mir leid. Das kann ich nicht. Die ist überhaupt nicht mein Fall. Außerdem finde ich sie ziemlich eingebildet. So wie die einen anguckt! Beziehungsweise, so wie die einen *nicht* anguckt! Die guckt immer durch mich hindurch, als sei ich Luft.«

Kevin hatte zwar nicht den Eindruck, dass Miranda hochnäsig war, aber er wollte auch gar nicht, dass sich Oliver an Miranda ranmachte. Miranda war genauso rätselhaft wie Elena, aber sie wirkte auf Kevin ziemlich unnahbar. So, als wäre sie überhaupt nicht an Jungs interessiert. Kevin hatte schon überlegt, ob Elena und Miranda vielleicht mehr waren als nur Cousinen. Es schien irgendeine geheime Verbindung zwischen den beiden zu bestehen. Vielleicht teilten sie ein großes Geheimnis. Kevin hatte auch eine Zeit lang gedacht, dass die beiden möglicherweise ineinander verliebt waren;

so etwas war ja nicht ganz ausgeschlossen. Er konnte mit Oliver jedoch nicht über seinen Verdacht reden, das war völlig unmöglich. Deswegen hatte er Elena schließlich den anonymen Brief geschrieben, um herauszufinden, ob ihr Herz noch frei war.

Von diesem Brief erzählte Kevin jetzt, und er berichtete auch, dass Elena am nächsten Tag eine rote Jacke getragen hatte.

»Das war doch eine ziemlich klare Antwort, oder nicht, Olli? Und ich hatte plötzlich auch das sichere Gefühl, dass Elena Bescheid wusste, dass *ich* hinter dem Brief stecke. Sie hat mich an dem Morgen nämlich ganz merkwürdig angesehen – und dann ist sie rot geworden.«

»Hm.«

»Mit der Jacke hat sie mir doch ein Signal gegeben. Oder siehst du das anders? Und sie hat am Samstag auch die Cola getrunken und hat mit mir beim Tanzen eine Wahnsinns-Nummer hingelegt. Und dann auf einmal – weg! Ich hatte sie noch im Arm, und plötzlich war da nichts mehr, nur Luft!«

Oliver schüttelte den Kopf. »He, Kumpel, red endlich mal Klartext, sonst kapier ich's nicht. Was willst du eigentlich von mir?«

»Du sollst mir helfen, hinter Elenas Geheimnis zu kommen«, sagte Kevin.

»Oh Mann, hinter das Geheimnis von Mädchen oder Frauen kommt doch keiner – das haben schon Tausende versucht! Weiber ticken nun mal völlig anders als Jungs, das ist doch bekannt.« Oliver stöhnte und griff nach dem Joystick, um zu zeigen, dass das Gespräch allmählich langweilig wurde.

»Das ist noch nicht alles, Oliver.« Kevin räusperte sich. »Heute in der Pause war Elena am Internet-Computer …«

»Na und? Soll vorkommen.«

»Ich wollte mit ihr reden, aber sie hat sich dann ganz schnell aus dem Staub gemacht.«

»Und sich dabei wieder in Luft aufgelöst?« Oliver lachte spöttisch. »Mann, langsam mach ich mir ernsthaft um dich Sorgen, Alter!«

»Diesmal ist sie normal weggegangen. Sie hatte es aber so eilig, dass sie nicht einmal die Site gelöscht hat, die sie sich gerade angeschaut hat.« Kevin schluckte. »Es war so Zeug, was du dir gerne anschaust. Okkultes. Ich habe den Text ausgedruckt. Sagt dir der Name *Mafaldus Horus* etwas?« Er zog einen zusammengefalteten Zettel aus der Hosentasche und reichte ihn Oliver.

Oliver überflog die Zeilen.

Mafaldus Horus

Er war einer der größten Schwarzmagier und soll über dreihundert Jahre lang gelebt haben. Manche Zauberer behaupten, er sei auch jetzt noch nicht tot, sondern nur in eine Art Winterschlaf verfallen, aus dem er zu besonderen Anlässen erwacht und sich seinen heimlichen Anhängern zeigt. Zu seinen Fans gehören besonders die Schwarzen Zauberkutten, eine verbotene Geheimgesellschaft, die schwarzmagische Praktiken ausübt. Mafaldus Horus' Vorfahren stammen aus dem alten Ägypten, einer seiner Ur-ur-ur-ur-urgroßväter soll angeblich der Mörder Seth gewesen sein, der seinen Bruder Osiris getötet hat. Nachgewiesen ist es bis heute nicht. Sicher ist aber, dass Mafaldus Horus eine spezielle Magie entwickelt und über Zaubersprüche verfügt hat, die in ihrer Wirksamkeit einzigartig waren. Er soll außerdem ein wertvolles Amulett besessen haben, in dessen Mitte sich ein roter Stein befindet. Es heißt, dass dieses Amulett seinem Träger ungeahnte Kräfte verleiht, außerdem soll es den Zugang zum Totenreich öffnen können.

»Wow«, sagte er, nachdem er den Text gelesen hatte, »klingt gruselig. Und diese Website kenne ich noch gar nicht. Wundert mich ja, dass sie auf unserem Schulcomputer nicht gesperrt ist.«

»Und was ist mit diesem *Mafaldus*?«

»Sorry, noch nie gehört. Ist mir leider noch nicht über den Weg gelaufen, obwohl ich ja mit allen möglichen schrägen Typen Kontakt habe. Wenn du willst, kann ich ja mal die Ohren aufsperren, vielleicht erfahre ich ja irgendwas. Kann ich den Zettel behalten – wegen der Website?«

Kevin nickte. Er knetete seine Hände. »Kann es sein, dass Elena doch ...«

»Doch was? Red schon!«

»Vielleicht ... vielleicht gehört Elena auch zu solchen Leuten, du weißt schon ...« Kevin stockte. Solche Leute, zu denen du Kontakt hast, hatte er sagen wollen. Die nachts auf Friedhöfe gehen. Die versuchen, Geister zu beschwören. Die sich einbilden, mit den Toten sprechen zu können ...

»Und wenn es so wäre, was ist schon dabei?«, fragte Oliver angriffslustig. »Das ist schließlich nicht verboten, oder?«

Kevin wusste nicht, ob es nicht doch verboten war. Er war sich nur sicher, dass er niemals bei solchen Gruppierungen mitmachen würde. Schattengestalten und dunkle Zwischenwelten jagten ihm Angst ein. Solche Themen waren gut für Filme oder für Bücher, aber in Wirklichkeit wollte Kevin nichts damit zu tun haben. Oliver schien dagegen den Kick zu brauchen ... Elena auch?

»Kannst du herausfinden ... ob Elena dabei ist?«, bat Kevin. Er fühlte sich immer unbehaglicher. Aber er musste mit Oliver darüber reden. »Vielleicht hat sie ja einen Freund ... äh ... ich meine ...«

»Mann, Kevin.« Oliver grinste. »Was ist los mit dir? Sie lässt dich deutlich abblitzen, und du versuchst trotzdem noch, bei ihr zu landen. Und weil sie ein bisschen im Internet gesurft hat, denkst du gleich, dass sie was mit einem Grufti hat. He, Kumpel, pass bloß auf, dass du wegen der Braut keinen Dachschaden kriegst. Dich hat's echt schwer erwischt. Die hat dich ja richtig verhext!«

Kevin fühlte sich unbehaglich. »Hexen gibt's doch gar nicht.« Eigentlich hatte er von Oliver in Bezug auf Elena einen guten Ratschlag oder zumindest einen Flirttipp erhofft – und nicht nur dumme Sprüche.

»Na ja, das würde ich so nicht sagen«, meinte Oliver.

»Wie meinst du das?«

»Hast du dich noch nie im Internet umgesehen? Dort bieten jede Menge Hexen ihre Dienste an. Echt krass, sag ich dir. Man kann einen Liebeszauber bestellen oder jemanden mit Voodoo verhexen lassen ... Alles ist möglich, wenn man genug Zaster hinlegt.«

»Aber das ist Betrug, solche Leute wollen doch bloß Geld!«, empörte sich Kevin.

»Nein, Kevin, es gibt wirklich Hexen, glaub mir«, sagte Oliver, der ganz ernst geworden war. »Meine Bekannten sind jedenfalls davon überzeugt.«

»Aber Elena ist doch keine, das ist Quatsch!«

»Kannst du da so sicher sein?«

Kevin schüttelte den Kopf. »Du spinnst, echt!« Sein Unbehagen war noch größer geworden. Das Gespräch nahm eine Richtung an, die er nicht beabsichtigt hatte.

»Angenommen, ich hätte recht ...« Oliver starrte auf eines der Schalke-04-Poster, aber Kevin hatte das Gefühl, dass sein Freund die Fußballer darauf gar nicht wahrnahm. »Wenn Elena eine Hexe ist, dann ist Miranda bestimmt auch eine. Die beiden sind ja fast immer zusammen. Wahrscheinlich hecken sie gemeinsam aus, wen sie verhexen. Und dann vollziehen sie um Mitternacht ihre geheimen Rituale. Deswegen hat Miranda immer so dunkle Schatten unter den Augen. Wir sollten der Sache nachgehen.«

»Und wie stellst du dir das vor?«, fragte Kevin unsicher.

»Wir werden uns die Familie mal gründlich ansehen. Natürlich ganz unauffällig. Sie dürfen nicht merken, dass wir sie ausspionieren. Nur so können wir die Wahrheit über sie rausfinden.«

Kevin zögerte noch. Er hatte einen schalen Geschmack im Mund.

Der Plan gefiel ihm nicht besonders, aber Oliver sollte ihn nicht für einen Feigling halten. Außerdem – nur beobachten war ja nicht schlimm. »Okay«, sagte er lahm. »Wann soll die Sache steigen?«

»So bald wie möglich!«

Glück unterliegt keinem Zauberspruch!

Elena lag wach. Durch das große Fenster fiel das Mondlicht, und das Zimmer war in gespenstisches Zwielicht getaucht. Elena seufzte, knuffte ihr Kopfkissen zusammen, drehte sich zur Wand und schloss die Augen. Aber sie fand trotzdem keinen Schlaf. In ihrem Kopf summte es wie in einem Bienenstock, lauter unruhige Gedanken …

Kevin. Sein Liebesbrief. Wie enttäuscht Kevin ausgesehen hatte, als sie ihn beim Schulcomputer stehen gelassen hatte. Aber bestimmt hätte er gefragt, warum sie beim Schulball so plötzlich verschwunden war, und was hätte sie darauf antworten sollen? Dass sie Bauchweh oder Kopfschmerzen bekommen hatte?

Kopfschmerzen … Die hatte sie jetzt auch, wahrscheinlich vom vielen Grübeln. Elena drehte sich auf die andere Seite, jetzt mit offenen Augen, und betrachtete das helle Viereck, das der Mond auf den Boden malte. Vielleicht kam das Kopfweh auch von dem Handy, das Daphne neuerdings besaß. Ob sie gerade im Nebenzimmer saß und eine neue SMS an ihren geliebten Alexander schickte?

Das Handy hatte in der Familie einige Diskussionen ausgelöst. Daphne hatte darauf bestanden – trotz der schädlichen Wirkung, die die elektromagnetische Strahlung auf Hexen hatte.

»Ich brauche das Handy«, hatte Daphne gesagt. »Alle aus meiner Klasse haben eines und *ich falle einfach auf*. Alexander hat mich schon ein paar Mal deswegen angesprochen. Ich hab ihm erzählt, dass mir mein Handy leider geklaut wurde. Und jetzt fragt er dauernd, wann ich mir ein neues anschaffe.«

In der Menschenwelt *aufzufallen* war das Letzte, was sich Hexen erlauben durften – und deswegen hatte der Hexilbeauftragte am Abend ein Handy für Daphne vorbeigebracht. Er hatte sie noch einmal ausdrücklich darauf hingewiesen, dass sie es vorsichtig benutzen sollte – und möglichst nicht in Gegenwart der anderen Familienmitglieder. Daphne hatte sich in ihr Zimmer zurückgezogen und gleich angefangen zu simsen, aber eine Stunde später war sie runtergekommen und hatte eine Kopfwehtablette verlangt.

Elena wunderte sich, dass weder Mona noch Jolanda meckerten, weil Daphne ganz offen zweigleisig fuhr. Angeblich liebte sie noch immer ihren Gregor, der in der Hexenwelt geblieben war, aber gleichzeitig traf sie sich mit Alexander, und Elena hatte die beiden schon beobachtet, wie sie heftig miteinander herumgeknutscht hatten. Aber vermutlich waren Mona und Jolanda viel zu sehr mit ihren eigenen Problemen beschäftigt und machten sich deswegen keine allzu großen Sorgen um Daphne. Außerdem waren Erfahrungen mit Menschen ja ganz im Sinne des HEXILS und des Forschungsprojekts …

Elena überlegte, ob Mona vielleicht sogar froh wäre, wenn Daphnes Freundschaft mit Gregor zerbrechen würde – denn Monas Meinung nach war er nicht gut genug für die Familie. Sie hatte gegen diesen jungen Hexer dieselben Vorbehalte, die sie damals gegen Leon gehabt hatte ... Wahrscheinlich hoffte Mona insgeheim, dass Daphne sich hier in der Menschenwelt austobte und später einen anständigen Zauberer aus ihren Kreisen heiratete ...

Die Liebe! Wahnsinnig kompliziert ... Elenas Gedanken wanderten zu Jana, die ziemlich niedergeschlagen wirkte, weil es mit Tom kaum voranging – trotz des Waselnussöls und des Liebeszaubers. Ob Jana von Elena enttäuscht war, weil der Zauber nicht besser funktioniert hatte?

Miranda hatte Elena zwar beruhigt, dass sie keine Schuld daran habe.

»Du hast alles getan, was in deiner Macht steht«, hatte Miranda gesagt. »Deine Großmutter meint ja immer, dass man mit Liebeszaubereien vorsichtig sein soll, und ich muss ihr in diesem Punkt leider recht geben. Mit einem Liebeszauber kann man nur vergrößern, was schon im Ansatz da ist – wie mit einer Lupe. Tom müsste also in seinem Innersten bereit sein, sich in Jana zu verlieben – mit dem Zauberspruch geht das Ganze dann nur ein wenig schneller.«

Anscheinend hatte Tom aber nicht das geringste Interesse an Jana ... Das Waselnussöl hatte deswegen nur kurzfristig gewirkt. Es hatte dafür gesorgt, dass Tom beim Schulball an Janas Seite geblieben war. Die Zauberkraft hatte ihn erfolgreich an Jana gebunden, sich aber dann nach und nach aufgebraucht. Leider hatten weder das Öl noch der Zauberspruch ausgereicht, um bei Tom wirklich Leidenschaft zu wecken.

Schade ... Elena konnte verstehen, dass Jana darüber sehr traurig war.

Der Tropfen Waselnussöl auf meiner Hose hat Kevins Liebe für mich dagegen größer gemacht, grübelte Elena weiter. So ein Mist! Wie werde ich ihn los, ohne ihn zu verletzen?

In diesem Augenblick bemerkte sie einen Schatten an ihrer Zimmertür. Elena schnellte hoch und streckte abwehrbereit den Arm aus. Bestimmt wieder eine von Daphnes *amormagischen* Erscheinungen!

Doch dann erkannte sie Miranda. Die Freundin trat an ihr Bett.

»Bist du wach?«, flüsterte Miranda. »Ich hatte es gehofft. Komm mit, Elena. Jetzt ist es günstig. Alle schlafen, ich habe mich überzeugt.«

»Wohin mitkommen?«, fragte Elena verwirrt.

»Das Amulett«, wisperte Miranda. »Wir probieren aus, wie dein Papa darauf reagiert. Und ich will damit auch einen Zauber versuchen. Ich habe bei deiner Oma ein Zauberbuch gefunden, das *O-Gong: Buch der Verwandlungen*.«

»Du warst heimlich an ihrem Regal?«, fragte Elena, während sie ihre Beine über die Bettkante schwang. Sie fühlte, wie ihr Herz schneller klopfte, als sie sich auf den Boden niederließ und nach dem magischen Amulett unter dem Schrank tastete.

»Ja, ich weiß, das hätte ich eigentlich nicht gedurft«, murmelte Miranda. »Jedenfalls nicht, ohne zu fragen. Aber der Zweck heiligt die Mittel. Vielleicht können wir deinen Vater ja von seiner Leguangestalt erlösen. Ich habe mindestens drei Stunden in dem Buch gelesen, und ich glaube, ich habe eine Menge gelernt. Hast du das Amulett?«

»Gleich«, antwortete Elena und erwischte endlich das Stück Pappe, in das sie das Amulett gewickelt hatte. Als sie die Umhüllung löste und das Amulett in ihre Hand glitt, spürte sie ein leichtes Pulsieren. Sie erlebte genau das, was Miranda beim letzten Mal gesagt hatte: Das Amulett steckte voller magischer Kraft und schien zu leben.

Das O-Gong:
Buch der Verwandlungen

Altes östliches Zauberbuch. In 64 Kapiteln wird die uralte Tradition der Verwandlung beschrieben. Das Buch ist gegliedert in mehrere Teile:

- Erster Teil: Verwandlung eines oder mehrerer Körperteile
- Zweiter Teil: Verwandlung des gesamten Körpers
- Dritter Teil: Fremdverwandlung
- Vierter Teil: Körpertausch
- Fünfter Teil: Verwandlung in nichts und Selbstauflösung

Die Gestaltverwandlung war schon immer ein wichtiger Teil der Zauberei. Das Buch beginnt mit leichten Übungsstücken (Zum Beispiel: Wie man seinen kleinen Finger in eine Schnecke verwandelt. Oder: Verwandle dein Ohr in eine Rose.) Von Lektion zu Lektion wird der Schwierigkeitsgrad gesteigert.

Kein Buch für Anfänger!

Die Übungen sollten nur unter fachkundlicher Anleitung durchgeführt werden. Das Buch kann begleitend dazu zur Vertiefung verwendet werden. Erfahrene Zauberer nutzen das Buch zur Auffrischung der einst erlernten Übungen.

Warnung: Einige Übungen, besonders der Teile 4 und 5, sind lebensgefährlich!

»Ob es richtig ist, dass wir versuchen, Papa zurückzuverwandeln? Ist das nicht eine Nummer zu groß für uns?«, flüsterte Elena und richtete sich auf. Sie musste an Mafaldus Horus denken und daran, dass er ein mächtiger Magier gewesen war. Vielleicht sollten sie lieber die Finger von dem

Amulett lassen, sie wussten schließlich nicht, wie stark seine Kraft wirkte …

»Willst du deinem Vater helfen oder nicht?« Miranda stand nun dicht vor ihr. Ihr Gewand schimmerte silbern im Mondlicht. Sie streckte die Hand nach dem Amulett aus.

»A-auf deine Verantwortung«, sagte Elena. Ihre Finger zitterten, als sie den Anhänger mit dem roten Stein Miranda gab. Als ihre Freundin das Amulett berührte, flammte der Stein im Dunkeln rot auf. Es war nur ein kurzer Moment, ein plötzlichen Glühen, das sofort wieder erlosch.

»Wow!«, sagte Miranda beeindruckt. »Ich wusste ja, dass es sehr mächtig sein muss!«

Elena schluckte. In ihrer Kehle saß ein dicker Kloß. Natürlich wollte sie ihrem Vater helfen, und sie wünschte sich nichts mehr, als dass er endlich wieder seine natürliche Gestalt bekäme.

Die Aktion ist zu gefährlich, flüsterte eine Stimme in Elenas Kopf. *Zu gefährlich, zu gefährlich …*

Elenas Nackenhaare sträubten sich. Das, was sie vorhatten, würde ihnen vielleicht über den Kopf wachsen. Sie und Miranda hatten ja noch nicht einmal ihr Hexendiplom! Von dem *Buch der Verwandlungen* hatte Elena schon gehört, es war ein Buch für Fortgeschrittene …

»Komm«, flüsterte Miranda, die die Finger fest um das Amulett geschlossen hatte. »Wir müssen die Gelegenheit heute Nacht nützen. Es ist Vollmond. Los, Elena.«

Elena folgte Miranda zur Tür. Barfuß und in ihren Nachthemden huschten die beiden Mädchen durch den Gang und die Treppe hinunter. Sie betraten das Wohnzimmer und schlossen leise die Tür hinter sich.

»Sollen wir Licht machen?«, fragte Elena.

»Nein«, antwortete Miranda ihr ebenso leise und erklärte: »Der Mondschein ist hell genug. Ich kann den Zauberspruch auswendig.«

Sie bewegten sich in Richtung Erker. Elena verschätzte sich und stieß sich schmerzhaft am Couchtisch. Sie war so aufgeregt! Ihr Herz schlug so schnell und so laut, dass sie meinte, es müsste im ganzen Haus zu hören sein.

Das Terrarium war mit einem großen Tuch abgedeckt, wie jede Nacht, damit der Leguan ungestört schlafen konnte. Miranda zog das Tuch vorsichtig zur Seite.

Der Leguan hockte auf einem dicken Ast. Elena sah im Mondlicht, wie seine Augen glänzten. Ihr Vater schlief nicht. Was wohl gerade in seinem Kopf vorging? Ob er spürte, was die beiden Mädchen vorhatten?

Elena klopfte sachte an die Scheibe. »Hallo Papa«, sagte sie leise. »Entschuldige, dass wir dich mitten in der Nacht stören.« Sie stockte, weil sie nicht wusste, was sie jetzt sagen sollte. *Wir sind gekommen, um dich zu befreien, Papa.* Oder: *Miranda will ein bisschen hexen, hab keine Angst.* Oder: *Wir müssen unbedingt wissen, wie du auf das geheimnisvolle Amulett reagierst.*

Doch Elena brachte kein einziges Wort mehr hervor. Sie drehte sich zögernd nach Miranda um. Wieder fiel das Mondlicht durch die großen Fensterscheiben und ließ Miranda wie ein Wesen aus einer anderen Welt aussehen. Ihr Haar glänzte wie flüssiges Silber und über ihrer ganzen Gestalt lag ein magischer Schimmer. Miranda wirkte in diesem Moment wie eine mächtige Zauberin. Ob das von dem Amulett kam? Mit einer anmutigen Bewegung hielt sie das Amulett in die Höhe, fasste es an der Kette und ließ den Anhänger auf Augenhöhe des Leguans baumeln.

»Herr Bredov«, sagte Miranda, »kommt Ihnen dieses Amulett bekannt vor?«

Der Leguan reagierte sofort. Er machte einen Satz und sprang gegen die Scheibe. Der rote Stein des Anhängers begann zu glühen. Der Leguan rappelte sich wieder auf und sprang erneut. Elena zitterte am ganzen Körper.

»Kennen Sie dieses Amulett?«, wiederholte Miranda mit monotoner Stimme. »Es gehörte einst dem Magier Mafaldus Horus.«

Ihre Stimme veränderte sich, wurde rau und tiefer, als käme sie aus einer uralten Zeit. Unbekannte Laute drangen aus Mirandas Mund. Elena verstand kein Wort. Sie wusste, dass es keine Runensprache war, aber sie spürte, wie mächtig jede einzelne Silbe war, die Miranda aussprach.

Der Boden unter Elenas Füßen schien zu schwanken. Gleichzeitig verdunkelte sich der Mond, und das Amulett begann zu leuchten, immer stärker, bis es zu einem rot glühenden Auge wurde.

Elenas Zähne schlugen aufeinander, als eine endlose Feuerspirale aus dem roten Stein zuckte und das Terrarium in flackernden Schein tauchte. Grollen drang aus dem Erdreich und das Glas des Terrariums fing an zu vibrieren. Elena fürchtete schon, dass es zersplittern würde. Ein dumpfer Druck legte sich auf ihre Ohren, und Mirandas Stimme schien eins zu werden mit dem Grollen aus der Tiefe. Plötzlich konnte Elena die fremde Sprache verstehen.

»Ich bin der Auserwählte,
dessen Namen man nicht kennt,
hervorgekommen aus der Unterwelt!«

Ein gewaltiger Lichtschein erleuchtete das Zimmer. Das rote Auge schien zu explodieren. Danach versank das Zimmer in Dunkelheit.

Elena hatte die Hand auf ihren Mund gepresst, um nicht laut aufzuschreien. Etliche Sekunden lang wagte sie nicht, sich zu bewegen. Was war geschehen?

»Kannst du mal Licht machen?«, flüsterte Miranda.

Elena traute sich nicht, ruckartig die Augenbrauen zu heben und mit Hexenkraft das Licht einzuschalten. Jede weitere Anwendung von Magie konnte in diesem Moment sehr gefährlich sein. Blind wie ein Maulwurf tastete sich Elena durchs Zimmer bis zum Lichtschalter neben der Tür. Kurz darauf flammte das Deckenlicht auf.

»Oh«, entfuhr es Miranda bestürzt. »Dein Vater ...«

»Papa!« Elena stürzte zum Terrarium. Die Scheiben waren intakt geblieben, sie hatten nicht einmal einen Sprung.

Der Leguan lag auf dem Boden. Elena stieß einen Schrei aus. Er war von der Nase bis zur Schwanzspitze schwarz wie Kohle. Im ersten Augenblick dachte Elena, dass der Feuerblitz ihren Vater verschmort hatte. Ein eiskalter Schrecken lähmte sie von der Hüfte abwärts.

»Papa ...«

Doch dann sah sie, dass sich der Leguan bewegte. Er blickte durch die Scheibe auf die beiden Mädchen, dann kletterte er auf seinen Ast.

»Er ... er hat die Farbe gewechselt«, sagte Miranda tonlos. »Ich ... das ... es muss durch den Zauber kommen ...«

Elena biss sich auf die Lippe. »Papa«, flüsterte sie, während sie Tränen in den Augen hatte. »Bist du okay?«

Der Leguan sah sie an. Dann gab er einige Pfeif- und Fieplaute von sich. Das hatte er noch nie zuvor getan.

»Ob er Schmerzen hat?« Besorgt öffnete Elena den Deckel des Terrariums, holte den Leguan heraus und ließ ihn auf ihrem Arm sitzen. »Papa, du Armer ...«

Wieder fiepte und pfiff der Leguan eine schnelle Reihenfolge von Tönen. Elena und Miranda wechselten einen Blick.

»Es ist fast so, als wollte er uns damit etwas sagen«, meinte Miranda und streichelte den Kopf des Leguans. »Bis auf die Schwarzfärbung scheint er aber okay zu sein ... hoffe ich wenigstens ...«

Elena schloss die Augen. Das alles war ein einziger Albtraum. Wenn nun auch die inneren Organe betroffen waren? Vielleicht war irgendwo die Blutzufuhr gestört, und der Leguan würde dahinsiechen ... durch ihre und Mirandas Schuld ... Das würde sie sich nie verzeihen!

»Wir hätten es nicht tun sollen«, flüsterte sie und schlug die Augen wieder auf. »Das Amulett ... ist gefährlich ... Wer weiß, was noch hätte passieren können!«

Miranda hielt die Kette noch immer in der Hand. Das Amulett sah genauso aus wie vorher, der rote Stein funkelte verführerisch – und, wie es Elena vorkam, auch irgendwie bösartig.

Der Leguan verfolgte das Pendeln des Amuletts, als würde er davon hypnotisiert; er bewegte im selben Rhythmus den Kopf hin und her.

»Steck es lieber weg«, flüsterte Elena.

Miranda nickte und ließ das Amulett in der Tasche ihres Nachthemds verschwinden. Dann streichelte sie wieder den Leguan.

»Vielleicht ... vielleicht sollten wir mit Papa zum Arzt«, sagte Elena. »Wenn er so pfeift ... es könnte an der Lunge liegen ...«

»Zu welchem Arzt?«, fragte Miranda. »Zu einem Tierarzt? Der fragt uns, warum der Leguan schwarz ist. Und dann kommt bestimmt wieder der Kommentar, dass es sich um eine unbekannte Art handelt und dass man den Leguan deswegen wissenschaftlich untersuchen muss … Wie es erst neulich mit dem Professor aus dem Zoo passiert ist …«

Elena schluckte. Das würde sie nie vergessen. Miranda hatte recht. Es war zu gefährlich, Papa zu einem Tierarzt zu bringen. Aber zu einem Menschenarzt konnte er noch weniger. Was jetzt? Sie war so verzweifelt, dass ihr die Tränen die Wangen herunterliefen.

»Ich mache einen *Zustands-Check*«, schlug Miranda vor. »Das haben wir schon einmal in der Hexenwelt gemacht, in unserem Kurs für *höhere Zauberei*. Ich bin sicher, dass ich noch alles weiß. Soll ich?«

Es widerstrebte Elena zutiefst, dass Miranda schon wieder an Papa herumhexen wollte, aber hatten sie eine andere Wahl? Elena hätte höchstens Oma Mona wecken können, aber …

»In Ordnung«, flüsterte Elena. »Tu es. Aber sei vorsichtig.«

Miranda berührte den Leguan mit beiden Händen und schloss die Augen. Elena wusste, dass Miranda den Leguan jetzt mit magischen Sinnen scannte. Zauberheiler konnten auf diese Weise Verspannungen aufspüren oder feststellen, wenn es innere Blockaden oder Verletzungen gab. Es dauerte mindestens fünf Minuten, bis Miranda die Augen wieder öffnete. Sie lächelte Elena an.

»Ich glaube, ihm fehlt wirklich nichts«, sagte sie. »Außer dass er jetzt schwarz ist wie ein Feuersalamander. Nur die gelben Flecken fehlen und er ist viel größer.«

Elena war unendlich erleichtert. »Ich bin so froh«, sagte sie. »Und das Pfeifen hat wirklich nichts Schlimmes zu bedeuten?«

Miranda schüttelte den Kopf. »Nein. Alles ganz normal. Er kann jetzt eben pfeifen, weiter nichts.«

»Übrigens habe ich neulich einen Feuersalamander im Garten gesehen«, erinnerte sich Elena und setzte den Leguan ins Terrarium zurück. Sie schloss den Deckel und drehte sich wieder zu ihrer Freundin um. Mirandas Gesicht war wachsbleich.

»Du hast WAS?«

»Ich habe einen Feuersalamander gesehen«, erwiderte Elena. »Letzte Woche. Er war im Garten, hinten bei den Sträuchern. Ich habe Löwenzahn gepflückt.«

»Elena«, sagte Miranda tonlos, »*Feuersalamander*. Weißt du nicht, was das bedeutet?«

Elena verneinte. Sie verstand nicht, dass sich Miranda über einen Feuersalamander im Garten aufregte. »Was ist denn damit?«

Mirandas Lippen formten als Antwort lautlos das Wort *Geheimpolizei*.

Jetzt begriff Elena endlich und das Herz schlug ihr bis zum Hals. Die Mitglieder der *zauberischen Geheimpolizei* – ZGPO genannt – tarnten sich mit Vorliebe als Feuersalamander, um verdächtige Personen zu beobachten.

»Hier?«, flüsterte Elena entsetzt. Ihr Mund war total trocken.

»Aber wir sind doch in der Menschenwelt. Glaubst du, sie kommen trotzdem?«, fragte sie ängstlich.

Miranda hob ratlos die Schultern.

Die zauberische Geheimpolizei (ZGPO)

Sie dient zur Überwachung verdächtiger Zauberer und sorgt dafür, dass die Regeln und Gebote der Zauberei eingehalten werden. Die Geheimpolizei arbeitet im Verborgenen. Zur Tarnung verwandeln sich die Mitglieder oft in Tiere, um unbemerkt ihre Zielpersonen beobachten zu können. Es heißt, dass die Geheimpolizisten am häufigsten die Gestalt von Feuersalamandern annehmen, denn diese Tiere sind klein, unauffällig und durch das giftige Hautsekret vor natürlichen Feinden geschützt. Manchmal verwandeln sich die Polizisten auch in gewöhnliche Frösche oder in Blindschleichen, aber in dieser Gestalt fallen sie ab und zu Störchen oder Graureihern zum Opfer. Auch Katzen könnten ihnen dann eher gefährlich werden.

»Meinst du … sie haben gesehen, was wir getan haben?«, wisperte Elena.

»Ich weiß es nicht«, flüsterte Miranda zurück. Sie legte die Hand auf ihre Tasche. »Das Amulett … Wir müssen es verstecken …«

Elena hätte am liebsten geheult. Das war alles zu viel für sie. Verzweifelt schlug sie die Hände vors Gesicht.

»Elena«, flüsterte Miranda und fasste Elenas Handgelenke, »keine Angst. Was auch immer passiert – wir stehen das gemeinsam durch.«

Elena ließ die Arme sinken. Die beiden Mädchen sahen sich an. Elena war froh, dass sie eine solche Freundin hatte wie Miranda. Zusammen waren sie stark …

»Komm«, sagte Miranda, »lass uns das Licht ausmachen und wieder in unsere Zimmer gehen. Sonst wird noch jemand im Haus wach – und fragt, was wir hier im Wohnzimmer tun.«

Elena nickte. Nachdem sie sich vergewissert hatte, dass es ihrem Vater wirklich gut ging, breitete sie wieder das Tuch über das Terrarium. Was ihre Mutter und ihre Oma am nächsten Morgen wohl sagen würden, wenn sie den Schwarzen Leguan entdeckten? Hoffentlich würde ihr und Miranda bis dahin eine gute Ausrede einfallen!

Sie knipsten das Licht aus und verließen das Wohnzimmer, ziemlich verunsichert und mit einem sehr schlechten Gewissen. Als sie die Treppe hinaufstiegen, kam ihnen von oben ein grauer Wolf entgegen. Das Tier war riesig und hatte glühende Augen.

»Amormagie«, sagte Miranda und streckte die Hand aus. Die Umrisse des Wolfs zerflossen zu einem grauen Teppich, der ein paar Stufen herabrutschte und sich dann in nichts auflöste.

Elena hatte unwillkürlich den Atem angehalten. Sie vermied es, auf die Stelle zu treten, wo eben noch die Überreste des Wolfs gewesen waren. Erst in ihrem Zimmer fühlte sie sich wieder einigermaßen sicher. Die beiden Mädchen hockten sich nebeneinander auf Elenas Bett.

»Die anderen dürfen nie erfahren, was wir heute Nacht gemacht haben, das muss klar sein«, meinte Miranda, zog vorsichtig das Amulett aus ihrer Tasche und legte es auf die Bettdecke.

Elena nickte. Ihr Blick fiel auf das Amulett. Dann sah sie sich im Zimmer nach einem geeigneten Versteck um. Unter dem Schrank war das Amulett nicht mehr sicher genug.

»Die Kerze«, murmelte sie dann, stand auf und nahm eine dicke Wachskerze aus ihrem Regal. Aus ihrer Schreibtischschublade holte sie ein Taschenmesser, zog den Papierkorb zu sich heran und begann, die Kerze mit dem Messer von unten auszuhöhlen.

»Super Idee«, murmelte Miranda. »Das Wachs wirkt gleichzeitig als Isolator für magische Strahlung.«

»Das wusste ich nicht«, gab Elena zu. »Ich dachte nur, dass man das Amulett bestimmt nicht in einer Kerze suchen würde – und das dicke Wachsding zündet sowieso keiner an.«

Nachdem die Öffnung groß genug war, legte sie das Amulett hinein und stellte die Kerze wieder an ihren Platz. Dann beseitigte sie sorgfältig alle Spuren, indem sie das herausgekratzte Wachs in ein Papiertaschentuch wickelte, alles in die Toilette warf und spülte.

»Okay«, flüsterte Miranda dann. »Wir haben getan, was wir konnten. Ich geh jetzt wieder in mein Zimmer.«

Es wäre Elena lieber gewesen, sie wäre geblieben. Schlafen konnte sie ohnehin nicht. So lag sie wach bis zum Morgen, die Hände unter dem Kopf verschränkt, und wartete darauf, dass draußen im Garten die Vögel zu zwitschern begannen.

Erst denken, dann zaubern!

Am Morgen hörte Elena, wie Jolanda im Wohnzimmer schrie. Mit einem Satz sprang sie aus dem Bett und rannte nach unten.

»Was ist passiert, Mama?«

Jolanda stand im Wohnzimmer, den Schwarzen Leguan auf dem Arm.

»Leon ist wieder entführt worden«, rief sie verzweifelt und hatte Tränen in den Augen. »Man hat ihn einfach ausgetauscht!«

Der Leguan pfiff leise und leckte ihr Gesicht ab.

»Was fällt dir ein, du Vieh!«, empörte sich Jolanda und hielt den Leguan weit von sich weg. »Das darf nur mein Mann, sonst niemand!«

»Aber Mama!«, sagte Elena. »Siehst du denn nicht, dass es Papa ist?« Sie wäre nie auf die Idee gekommen, dass ihre Mutter ihren Vater nicht erkennen könnte. Außer der Schwarzfärbung sah der Leguan genauso aus wie vorher. Sein Körper hatte dieselbe Länge und Dicke, und auch der Ausdruck in seinen Augen war unverändert – jedenfalls fand Elena das.

»Das soll Leon sein?« Jolanda runzelte die Stirn. »Aber was ist dann mit ihm passiert? Warum ist er über Nacht schwarz geworden?« Sie sah Elena prüfend an. »Weißt du vielleicht, warum?«

»Nn…nein«, stotterte Elena. »Kkkeine Ahnung.« Sie hätte am liebsten die Wahrheit gesagt. Aber dann hätte sie auch von dem Amulett erzählen müssen. Außerdem hatten Miranda und Elena einander versprochen zu schweigen …

»Jolanda!« Jetzt tauchte Mona in der Tür auf, die zur Küche führte. »Dein Kaffee wird kalt! Du wolltest doch nur kurz das Terrarium abdecken …« Sie stockte, denn jetzt hatte sie den Schwarzen Leguan gesehen, den Jolanda auf dem Arm hielt. »Ach du gelbe Kreuzhaselnuss! Ist er gegrillt worden?«

Jolandas Gesicht wurde puterrot. »Du musst darüber nicht noch Scherze machen, Mutter! Ich weiß auch nicht, was mit Leon ist. Vielleicht ist er krank. Oder er häutet sich. Oder … oder er hat versucht, sich zurückzuverwandeln, aber es hat nicht ganz geklappt.«

»Hm.« Oma Mona trat näher und beäugte den Leguan. Als sie den Finger nach ihm ausstreckte, zischte er sie an.

»Na, na!« Sie zuckte zurück. »Ich bin's doch nur, deine Schwiegermama.«

Sie wandte sich an Jolanda. »Man kann nicht direkt sagen, dass er hübscher geworden ist.«

»Du bist so gemein.« Jolanda hatte erneut Tränen in den Augen. »Anstatt mir einen Rat zu geben oder eine Erklärung zu liefern, lästerst du nur über Leon. Du redest immer schlecht über meinen Mann, anstatt endlich zu akzeptieren, dass er dein Schwiegersohn ist und es auch bleiben wird, egal, ob er ein Leguan ist oder nicht.«

Mona verdrehte die Augen. »Meine Güte, was bist du heute wieder empfindlich, Jolanda! – Na gut, ich lästere nicht mehr über ihn, in Ordnung? Er hat sich über Nacht verwandelt. Vielleicht verwandelt er sich noch mehr. Es könnte ein Zeichen sein, dass seine Zeit als Leguan allmählich zu Ende geht.«

Jolandas Gesicht leuchtete hoffnungsvoll auf. Auch Elena fühlte, wie ihr Herz einen Hüpfer machte. Wenn Oma das sagte …

In diesem Moment ertönte in der Küche ein Klirren. Etwas war zu Boden gefallen.

»Rufus«, sagte Oma Mona. »Er hat wieder mal seine Müslischale runtergeworfen.«

Elena war schon unterwegs, um ihrem kleinen Bruder zu helfen. Der vierjährige Rufus saß in seinem Hochstuhl und betrachtete die Bescherung, die er angerichtet hatte. Das Müsli war quer über den Fußboden verstreut und die Porzellanschale zerbrochen. Rufus hatte schon seinen linken Arm ausgestreckt und die Finger gekreuzt. Als Elena hereinkam, sah er sie fragend an.

»Soll *ich* zaubern oder *du*?«, fragte er seine Schwester.

Elena lächelte. Ihr Bruder war für sein Alter schon ziemlich schlau. Zwar fehlte ihr der direkte Vergleich, aber sie hatte manchmal das Gefühl, dass er viel mehr begriff als andere Vierjährige. Mit seiner Hilfe war es ihr auch gelungen, das Zauberamulett von der Hexenwelt in die Menschenwelt zu schmuggeln – an der Kontrolle vorbei …

»Versuch du's«, sagte sie.

Rufus grinste. Er war ein hübscher Junge mit großen blauen Augen und blonden Haaren und wusste ganz genau, wie man die Herzen der Erwachsenen eroberte. Die Erzieherin im Kindergarten war auch ganz vernarrt in ihn. Bestimmt würde sie aus allen Wolken fallen, wenn sie wüsste, dass Rufus ein echter Hexer war …

Der Junge konzentrierte sich auf die Scherben.

»Entzwei ist vorbei!«

Die Scherben fügten sich zusammen.

»Sehr gut«, lobte Elena ihren Bruder, bückte sich und stellte die Schale wieder auf den Tisch. »Und jetzt das Müsli.«

Rufus kniff die Augen zusammen. Der Zauber, den er jetzt anwenden musste, war schon etwas schwieriger.

»Schnipsel, Schnurpsel, Staub und Dreck:
Alles kehrt sich selber weg.«

Dicht über dem Küchenboden entstand ein leichter Windwirbel, der alle verstreuten Körner, Nüsse und Haferflocken zu einem kleinen Häuflein zusammentrieb. Dann glitt eine Plastik-Kehrschaufel herbei und stellte sich in Warte-Position, während von der anderen Seite ein Handfeger über den Boden schlitterte und dann das Häuflein ruck, zuck auf die Schaufel beförderte. Die Schaufel kehrte zufrieden um und übergab sich in den Mülleimer.

Elena klatschte. »Toll gemacht, Rufus.«

Sie war gerade dabei, die Müslischale erneut zu füllen, als Miranda in die Küche kam. Sie wirkte verschlafen.

»Du kannst Daphnes Gedeck nehmen, es ist unbenutzt. Sie hat wieder mal nicht gefrühstückt«, sagte Elena zu ihrer Freundin Miranda.

Miranda nickte und gähnte. Sie nahm sich lustlos ein Brötchen, bestrich es mit Butter und knabberte dann endlos darauf herum. Elena konnte es verstehen. Ihr erging es ähnlich. Auch sie hatte keinen großen Appetit. Das nächtliche Ereignis steckte ihr noch in den Knochen. Sie hätte sich jetzt gerne mit Miranda darüber unterhalten, aber das ging nicht, weil Rufus seine Ohren spitzte. Elena wollte auch unbedingt wissen, wie gefährlich die Geheimpolizei war und was sie und Miranda im Falle eines Falles zu befürchten hätten. Aber all ihre Fragen mussten vorläufig unbeantwortet bleiben. Vielleicht konnten sie wenigstens noch kurz vor der Schule miteinander reden …

Nun kamen auch Jolanda und Mona in die Küche. Jolanda kippte ihren Kaffee weg, der inzwischen kalt geworden war, und holte sich lieber einen neuen – ganz nach Menschenart. Als Jolanda merkte, dass Mona sie beobachtete, erklärte sie ihrer Mutter kurz:

»Kaffee, der mit Zauberei aufgewärmt ist, verliert einfach an Aroma.«

»Es kommt auf den Zauber an«, sagte Mona.

»Jedenfalls sind nicht alle Gebräuche der Menschen schlecht«, behauptete Jolanda und setzte sich. »Ihre Technik ist schon bewundernswert, das muss man ihnen lassen. Dieser Kaffee-Automat zum Beispiel. Ein Knopfdruck, und es gibt Espresso oder Cappuccino, Latte macchiato oder ganz normalen Kaffee. Sei doch mal ehrlich, Mutter: Das könnten wir nicht besser, oder?«

Mona zuckte nur die Achseln. Elena wusste, dass sie nur ungern akzeptierte, dass die Menschen manche Dinge genauso gut beherrschten wie die Hexen.

»Am liebsten würde ich zu Hause bleiben und sehen, wie es Leon geht«, sagte Jolanda und setzte sich mit ihrem Kaffee an den Tisch.

»Aber ich habe heute meinen ersten großen Auftrag. Am Nachmittag findet die Vorrunde für die Blankenfurter Misswahlen statt – darüber soll ich berichten.«

Elena spürte, wie stolz ihre Mutter über diesen Auftrag war. Es war wichtig für sie, wieder als Journalistin arbeiten zu können.

»Könntest du vielleicht ab und zu nach Leon sehen und mich verständigen, falls es ihm schlecht geht, Mutter?«, bat Jolanda.

»Eigentlich habe ich was Besseres zu tun, als ständig auf eine verkohlte Echse aufzupassen, die früher mal dein Mann war«, sagte Mona ungnädig. »Ausnahmsweise. Glaub aber nicht, dass ich das jetzt dauernd mache.«

»Danke, Mutter«, sagte Jolanda, die offenbar Monas spitze Bemerkungen ignorierte. »Wenn es nötig ist, ruf mich bitte über den *Transglobkom* an.«

»Denkst du, ich fasse eines dieser verhexten Menschenhandys an?«, erwiderte Mona. »Natürlich per *Transglobkom*, wie sonst?«

Jolanda seufzte. »Ich fürchte, ich werde mir auch ein Handy anschaffen müssen. In der Zeitungsbranche funktioniert gar nichts mehr ohne so ein Gerät. Ich muss erreichbar sein, wenn ich unterwegs bin. Mein Chef war ganz erstaunt, als ich ihm meine Handynummer nicht sagen konnte.«

»Ich wette, du hast ihm vorgelogen, dass dein Handy gerade kaputt oder dass dein Vertrag abgelaufen ist«, sagte Mona.

»Genau«, bestätigte Jolanda. »Ich habe behauptet, dass mir mein Handy kürzlich gestohlen worden ist.«

»Und du wirst dir natürlich ein Handy anschaffen, weil Menschen eben eines haben …«

»Nur wegen meiner Arbeit, Mutter.«

»Es stört mich, dass wir Hexen einfach diese Menschenbräuche übernehmen«, meinte Mona. »Wir sollten diese

Bräuche studieren und uns nicht völlig *anpassen* – noch dazu, wenn es unserer Gesundheit schadet.«

»Ach Mutter«, sagte Jolanda genervt. »Ich habe jetzt wirklich keine Lust, mit dir wieder über dieses Thema zu diskutieren, das hatten wir bei Daphne doch alles schon. Ich habe außerdem schon Aaron Abraxas Holzin informiert; er wird sich nach einem passenden Gerät für mich umsehen – möglichst strahlungsarm.«

Mona sagte nichts mehr, sondern nahm sich eine Weißbrotscheibe, streckte den Zeigefinger aus und röstete die Scheibe auf ihrem Teller. Elena bemerkte, dass sich ihre Großmutter insgeheim ärgerte, denn die Ränder der Scheibe wurden fast schwarz. Mona runzelte die Stirn und gab der verkohlten Scheibe einen Schubs, sodass sie selbstständig in den Mülleimer flog. Dann stand sie auf.

»Ich glaube, ich werde heute ausnahmsweise Müsli essen …«

Kevin hatte ein ungutes Gefühl. Natürlich wollte er unbedingt herausfinden, ob Elena und Miranda ein Geheimnis hatten. Doch jetzt, auf dem Weg zum Nachtigallenweg, kam er sich ziemlich schäbig vor. War es richtig, ein Mädchen, in das er sich verliebt hatte, zu bespitzeln? Vielleicht hätte er doch nicht auf Oliver hören sollen!

Es wurde schon dämmrig. In den meisten Häusern brannte bereits Licht. Kevin radelte hinter Oliver her. Die Bredovs wohnten im letzten Haus am Ende der Straße.

»Wow!«, stieß Oliver aus, als er von seinem Mountainbike sprang. »Gar nicht übel – die Hütte! Darin würde ich auch gern wohnen. Deine Elena scheint ja stinkreich zu sein.«

»Hm«, machte Kevin nur, während er sich verstohlen umsah. Er war zum ersten Mal hier, und am liebsten wäre er auf der Stelle umgekehrt und hätte das ganze Unternehmen abgeblasen.

Oliver dagegen benahm sich wie ein erfahrener Detektiv, und Kevin fragte sich, ob er schon öfter Leute bespitzelt hatte.

»Am besten versuchen wir, in den Garten zu kommen«, wisperte Oliver. »Zuerst müssen wir unsere Räder verstecken. Es fällt auf, wenn wir sie hier vor dem Haus einfach an den Zaun lehnen.«

In der Nähe war ein kleiner Park. Dort schoben sie ihre Räder ins Gebüsch. Dann kehrten sie zum Haus zurück. Oliver wollte das schmiedeeiserne Tor, das zum Garten führte, öffnen. Aber es war verschlossen.

»Hätten wir uns denken können«, brummte Oliver. Er sah nach oben. »Ob es hier eine Überwachungskamera gibt? Vielleicht haben die Bredovs sogar eine Alarmanlage. Würde zu dieser Villa passen.«

Kevin konnte nirgends eine Videokamera entdecken. Er wäre froh gewesen, eine zu sehen, denn dann hätte Oliver vielleicht sein Vorhaben aufgegeben.

»Los, über den Zaun!«

»Sollen wir wirklich?«, fragte Kevin zögernd.

»Mann, die Höhe schaffst du doch locker, oder?«, entgegnete Oliver. »Seit wann bist du so unsportlich?«

Der Zaun war wirklich kein großes Problem, aber Kevin kam sich vor wie ein Einbrecher. Und so was waren sie ja auch … Geduckt huschten sie in den Garten und vermieden es, auf den Kies zu treten, denn dann hätte man sie hören können.

Der Garten war riesig. Auf dem Rasen standen vereinzelt Lampen, die einen romantischen Schein verbreiteten. Kevin und Oliver passten auf, dass sie außerhalb der Lichtkegel blieben. In Slalomlinien näherten sie sich dem Haus.

»Bingo!«, flüsterte Oliver. »Hab ich's nicht gesagt? Von hier aus können wir genau sehen, was die Bredovs den Abend über treiben.«

Er schob sich noch näher ans Haus. Jetzt stand er direkt an der Wand zum Wohnzimmer und lehnte sich dagegen. Die Dunkelheit schützte sie. Kevin folgte ihm vorsichtig. Zur Linken glitzerte Wasser ... ein Teich.

Hatte Nele nicht erzählt, dass die Bredovs jede Menge Koi-Karpfen hatten? Oliver hatte recht. Die Bredovs mussten stinkreich sein.

Durch den verglasten Erker hatte man einen ungehinderten Blick ins Wohnzimmer. Kevin entdeckte ein Terrarium, konnte aber nicht erkennen, was darin gehalten wurde. Weiter hinten im Raum ging eine Frau auf und ab. Kevin hatte sie schon einmal gesehen, als sie Elena und Miranda zur Schule gebracht hatte. Es war Elenas Mutter.

Sie schien nervös zu sein und auf jemanden zu warten, weil sie immer wieder auf ihre Uhr sah. Dann endlich ging die Tür auf und ein hübsches Mädchen kam ins Zimmer. Kevin erkannte Daphne, Elenas Schwester. Sie ging in seine Parallelklasse.

»Na endlich!«, fauchte Jolanda. »Du bist mir eine Erklärung schuldig. Warum hast du mir nicht gesagt, dass du dich als *Miss Blankenfurt* bewirbst?«

Da ein Fenster gekippt war, konnten Oliver und Kevin jedes Wort verstehen, das im Wohnzimmer zwischen Mutter und Tochter gesprochen wurde.

»Pffff!«, machte Daphne nur. »Du interessierst dich ja sonst auch nicht dafür, was ich mache.«

Sie ließ sich genervt aufs Sofa fallen und griff nach der Fernbedienung. Der Fernsehapparat ging an. Für Daphne war das Gespräch beendet.

»Bis jetzt ist alles ganz normal«, flüsterte Oliver Kevin zu.

Jolanda stellte sich demonstrativ vor den Fernseher. »Ich will mit dir reden.«

Daphne reagierte nicht auf ihre Worte. Sie streckte nur ihren Zeigefinger aus – und der Fernsehapparat glitt einen Meter zur Seite. Daphne grinste siegessicher.

Jolanda drehte sich zur Seite, bewegte den Arm, und der Bildschirm wurde schwarz.

»Ich will mir dir reden«, wiederholte sie.

»Wenn's unbedingt sein muss«, knurrte Daphne.

»Rede nicht in solchem Ton mit mir«, regte sich Jolanda auf. »Ich hätte den Juroren ja auch sagen können, dass du erst fünfzehn bist. Wieso durftest du überhaupt teilnehmen?«

Daphne lächelte. »In meinem Ausweis steht, dass ich siebzehn bin.«

»Du hast ihn manipuliert!«

»Und wenn – was dagegen?«

»Allerdings!« Jolanda ging wieder hin und her. »Ich finde es unfair, wenn du Tricks einsetzt. Dann ist es kein richtiger Wettbewerb. Außerdem – was versprichst du dir davon? Willst du Model werden, oder was? Hast du die Juroren mental beeinflusst?«

Daphne beugte sich angriffslustig vor. »Wenn du's genau wissen willst: Ich bin ganz normal in die zweite Runde gekommen und ich werde auch noch weiter kommen! Von dir lasse ich mir meine Karriere jedenfalls nicht vermasseln. Und wenn du mich hindern willst, dann erzähle ich allen einfach, dass du ...«

»Was?« Jolanda blieb stehen und funkelte ihre Tochter an. »Du willst uns *verraten*?«

»Ich werde ihnen sagen, dass du eine durchgedrehte Mutter in den Wechseljahren bist!« Daphne bewegte den Arm, und der Fernseher ging wieder an.

»Das Ding bleibt aus, solange ich mit dir rede!« Jolanda schnippte mit den Fingern, und der Bildschirm wurde wieder schwarz.

Daphne griff zur Fernbedienung und drückte auf den Knöpfen herum. Der Bildschirm blieb schwarz. »Was hast du gemacht, Mama?«

»Ganz einfach – ich habe die Stromzufuhr unterbrochen. Ich will, dass du dich mit mir unterhältst – und nicht, dass du diesen Mist guckst.«

»Dieser *Mist* dient zufällig unserem Auftrag«, sagte Daphne pampig. »Hast du das vergessen? Und warum, glaubst du, mache ich bei der Misswahl mit? Weil man nirgends so viel über die Menschen erfährt wie bei so einer Veranstaltung. Hinter den Kulissen geht eine Menge ab, das kann ich dir sagen.«

»Hast du das eben gesehen?«, flüsterte Oliver Kevin zu. Er war ganz aufgeregt. »Was hat sie mit dem Fernseher gemacht? Wie kann sie mit einer Bewegung den Strom abdrehen? Das geht nicht mit rechten Dingen zu! Ich hab's geahnt!«

Kevin hatte einen trockenen Mund. Er wusste auch keine Erklärung für das, was er eben gesehen hatte. Es war ihm unheimlich.

»Die kriegen wir dran«, zischte Oliver. »Die Familie hat übernatürliche Fähigkeiten. Das ist nicht normal! Weißt du noch, wie beim Schulball kurz das Licht ausgegangen ist? Dafür hat garantiert deine Elena gesorgt! Ich sag dir, Kevin: Das sind Hexen!«

Elena war sehr müde, als sie den Computer einschaltete. Es war schon fast zehn Uhr abends, aber Miranda wollte unbedingt noch etwas im Internet suchen. Sie vermutete, dass die Pfeif- und Fiep-Laute des Schwarzen Leguans eine Art Sprache waren.

»Das Morse-Alphabet, Elena«, sagte sie mit glänzenden Augen. »Dass ich nicht schon früher draufgekommen bin!«

»Morse-Alphabet?«, wiederholte Elena verständnislos. »Was soll das denn sein?«

Miranda, die sich schon seit etlichen Jahren für alles interessierte, was die Menschen erfunden hatten, erklärte ihr, dass sie in einem Buch gelesen hatte, dass sich die Menschen früher per Morse-Alphabet verschlüsselte Botschaften geschickt hatten.

»Das war so etwas Ähnliches wie heute SMS, nur verschlüsselt«, behauptete Miranda. »Die wenigsten Hexen haben je etwas von einem Morse-Alphabet gehört, es ist bei uns so gut wie unbekannt. Und ich wüsste auch nichts davon, wenn ich es nicht zufällig in einem Fachbuch über menschliche Telekommunikation gelesen hätte. – Ich brauche den Code, Elena, dann können wir uns vielleicht endlich mit deinem Vater unterhalten!«

Nichts wünschte sich Elena lieber. Als der Computer hochgefahren war, wollte Miranda gleich eine Suchmaschine benutzen, aber das Gerät meldete, dass Elena eine neue Nachricht bekommen hatte.

»Eine E-Mail von Nele!«, stellte Elena fest. »Erst vor fünf Minuten abgeschickt! Darf ich sie erst lesen, bevor du wieder stundenlang im Internet suchst?«

»Kein Problem«, sagte Miranda.

Elena öffnete die Mail. Bestürzt las sie, was Nele geschrieben hatte.

Hallo Elena!

Ihr seid in großer Gefahr! Kevin und Oliver haben euch heute Abend beobachtet. Ich hab die beiden zufällig belauscht, wie sie sich vor unserer Haustür verabschiedet haben. Sie haben mich nicht bemerkt.

Anscheinend sind sie in euren Garten eingedrungen und haben durchs Fenster gesehen, wie Daphne und deine Mutter gehext haben. Ihr müsst euch unbedingt in Acht nehmen! Oliver kann euch sonst Riesenärger bereiten – und mein Bruder leider auch, fürchte ich. Passt auf, bitte!!!

Nele

Elena presste die Hand auf den Mund und sah Miranda ratlos an.

»So ein Mist!«, sagte Miranda. »Was machen wir jetzt?«

»Ich werde sofort Nele anrufen«, murmelte Elena. Das Herz schlug ihr bis zum Hals. »Sie muss mir alles haarklein erzählen. – Hoffentlich ist sie noch wach.«

»Okay«, sagte Miranda. »Ruf sie an. Ich versuche inzwischen, den Morse-Code zu finden.«

Elenas Finger zitterten, als sie Neles Nummer wählte. Ein paar Mal vertippte sie sich, aber endlich klingelte es am anderen Ende der Leitung. Wenig später meldete sich Frau Hermann, Neles Mutter.

»Hallo, Frau Hermann, hier ist Elena«, sagte Elena. »Bitte entschuldigen Sie, dass ich so spät anrufe, aber es ist total wichtig. Ist Nele noch auf?«

»Ich glaube, sie ist gerade im Bad«, sagte Frau Hermann. »Ich kann dir Nele holen, aber bitte mach es kurz. Morgen habt ihr Schule.«

»Na klar«, antwortete Elena. »Versprochen. Nur fünf Minuten.«

Sie hörte, wie Frau Hermann mit dem Telefon durchs Haus Richtung Bad ging. Ein Hund bellte, das musste Shorty sein. Die Hermanns waren eine tierliebe Familie, sie besaßen außer einem Hund auch noch zwei Katzen und eine Schildkröte.

Schließlich vernahm Elena, wie an die Badezimmertür geklopft wurde.

»Nele?«, sagte Frau Hermann. »Telefon für dich. Es ist Elena.«

Der Hörer wurde übergeben.

»Hallo Elena, wasch ischt?«, fragte Nele. »Schorry, ich hab grad den Mund voll Tschahnpaschta.«

»Kannst du reden?«, fragte Elena. »Was genau haben Kevin und Oliver gesehen?«

Sie hörte, wie Nele die Zahnpasta ins Becken spuckte. Dann erzählte Nele ihr mit gedämpfter Stimme alle Einzelheiten des belauschten Gesprächs.

»Oliver will das Ganze an die große Glocke hängen, sobald er einen Beweis hat. Er will einen Hexentest machen und sich irgendwelches Zeug aus dem Internet bestellen. Meinst du, so was funktioniert? Kann er euch damit entlarven?«

»Keine Ahnung.« Elena hatte vor Wut und Angst Tränen in den Augen. »Warum spionieren uns die beiden nach? Oh Nele, hast du eine Idee, was wir jetzt tun könnten?«

»Ich denke schon die ganze Zeit darüber nach«, sagte Nele. »Ich glaube, mir ist da ein Einfall gekommen ...«

Im selben Moment klopfte jemand an die Badezimmertür. »Die fünf Minuten sind jetzt um!«, ertönte Frau Hermanns Stimme.

»Ich muss Schluss machen«, sagte Nele. »Wir reden morgen früh vor der Schule, ja? Ciao.«

Sie legte auf.

Elena hätte zu gerne gewusst, was Nele eingefallen war, aber sie musste sich notgedrungen gedulden. Mit zitternden Fingern stellte sie das Telefon in die Ladestation zurück und ging ins Wohnzimmer. Miranda nahm gerade zwei Blätter aus dem Drucker.

»Und?«, fragte sie.

Elena erzählte, was Nele gesagt hatte.

»Diesen Oliver werde ich in einen alten Schwamm verwandeln«, fauchte Miranda. »Was fällt diesem Kerl ein? Er hat doch gar keine Beweise ...«

Das Morse-Alphabet, benannt nach seinem Erfinder Samuel Morse, entstand im 19. Jahrhundert. Es ist eine Mischung zwischen kurzen und langen Tönen und dient zur Übermittlung von Nachrichten. Man kann das Alphabet auch mit Lichtsignalen darstellen. Zwischen den einzelnen Wörtern ist immer eine kurze Pause.

»Er will sich aber welche beschaffen«, murmelte Elena. »Und vergiss nicht, Kevin hat auch alles gesehen, er kann bezeugen, was geschehen ist.«

»Es gibt *Vergesslichkeitszauber*«, sagte Miranda sofort. »Ich kann Oliver verhexen, dass er zu stottern anfängt. Ich kann dafür sorgen, dass er bestimmte Worte oder Laute nicht mehr sprechen kann. Stell dir vor, wir streichen ihm einfach das »e« aus seinem Sprachschatz. Wer wird Oliver dann noch ernst nehmen?«

Elena musste lächeln. Miranda hatte immer gute Ideen!

»Hier!«, sagte Miranda und hielt Elena die Blätter hin, die sie ausgedruckt hatte. »Das Morse-Alphabet.«

»Und du meinst wirklich, dass Papa diese Sprache anwendet?«, fragte Elena zweifelnd. Mirandas Theorie kam ihr ziemlich weit hergeholt vor. »Wann soll er sie denn gelernt

Buchstabe	Code	Buchstabe	Code	Ziffer	Code
A	·—	N	—·	0	—————
B	—···	O	———	1	·————
C	—·—·	P	·——·	2	··———
D	—··	Q	——·—	3	···——
E	·	R	·—·	4	····—
F	··—·	S	···	5	·····
G	——·	T	—	6	—····
H	····	U	··—	7	——···
I	··	V	···—	8	———··
J	·———	W	·——	9	————·
K	—·—	X	—··—		
L	·—··	Y	—·——		
M	——	Z	——··		

haben? Du hast ja selbst gesagt, dass man den Morse-Code in der Hexenwelt nicht kennt!«

»Es kann doch möglich sein, dass er das Morse-Alphabet irgendwo entdeckt hat«, meinte Miranda. »Vielleicht hat er sich als kleiner Junge mit seinen Freunden so verständigt, wer weiß? Du und ich – wir hatten doch auch eine Geheimsprache, als wir zehn waren, erinnerst du dich? Oder dein Vater hat sich auf diese Weise mit den *Schwarzen Zauberkutten* verständigt ...«

»Du glaubst also doch, dass er schuldig ist«, sagte Elena fassungslos. Bisher hatte sie immer gedacht, dass Miranda genauso fest von der Unschuld ihres Vaters überzeugt war wie sie selbst. Einen Moment lang hatte sie das Gefühl, dass ihr der Boden unter den Füßen weggezogen wurde. Miranda war doch ihre beste Freundin ...

»Ich habe nicht behauptet, dass er schuldig ist, aber es kann doch sein, dass er aus irgendeinem Grund mit den *Zauberkutten* Kontakt hatte«, sagte Miranda.

»Warum sollte er Kontakt mit ihnen gehabt haben?«

»Herrje, was weiß ich! Vielleicht hat er sie ja bespitzelt ... oder irgendwie abgehört ...«

Elena krauste die Stirn. Sie konnte sich zwar nicht vorstellen, warum ihr Vater die *Schwarzen Zauberkutten* belauschen sollte, aber es tat jedenfalls gut zu hören, dass Miranda nicht dachte, er hätte tatsächlich zu dieser verbotenen Gruppierung gehört.

Mirandas Stimme klang leicht ungeduldig. »Los, komm mit! Wir probieren aus, ob wir mit deinem Vater reden können.«

»Jetzt noch?«, fragte Elena, denn es war ja schon sehr spät und seit Stunden hing das Tuch über dem Terrarium. Aber dann siegte die Neugier. Sie wollte auch wissen, ob Miranda mit ihrer Vermutung recht hatte. Es wäre wunderbar, wenn sie sich wirklich mit Leon verständigen könnten …

Miranda war als Erste beim Terrarium. Vorsichtig zog sie das Tuch weg. Der Leguan blinzelte. Elena hatte sich noch immer nicht an sein verändertes Aussehen gewöhnt, obwohl sie bei der Verwandlung dabei gewesen war.

Miranda klopfte sachte an die Scheibe. »Hallo, Herr Bredov. Entschuldigen Sie, dass wir Sie so spät noch stören. Kann es sein, dass Ihre Pfeif- und Fieplaute etwas bedeuten? Benutzen Sie vielleicht den Morse-Code?«

Der Leguan hob den Kopf und pfiff. Elena passte genau auf.

Leise. Laut, laut, laut. Kurze Pause. Leise. Laut.

Miranda hatte auf dem Zettel nachgeschaut. »Ja«, stieß sie freudig aus. »Er hat *Ja* gesagt. Ich hab recht gehabt!«

Elenas Herz klopfte wild. Sie schob sich dichter ans Terrarium. »Papa«, sagte sie. »Ich bin's, Elena. Kannst du alles verstehen, was wir reden?«

Der Leguan antwortete wieder. Es war die gleiche Abfolge der Laute wie zuvor.

»Es funktioniert«, jubelte Elena. Sie war außer sich vor Freude. Ab sofort würde sie sich mit ihrem Vater wieder unterhalten können. Sie würden ihn alles fragen können! Elena konnte es noch gar nicht fassen.

»Ich sag's den anderen, was wir herausgefunden haben«, rief sie und wollte sofort losrennen. Aber Miranda hielt sie am Arm fest.

»Warte«, sagte sie. »Jetzt sind wir noch ungestört.« Sie zögerte. »Meinst du nicht, wir sollten deinen Vater nach dem Amulett fragen?«

Das Amulett, natürlich! Jetzt war die Gelegenheit da, mehr darüber zu erfahren! Elena hatte zwar noch tausend andere Fragen an ihren Vater, aber die konnten warten.

»Herr Bredov«, sagte Miranda, »Elena und ich haben in Ihrem Käfig ein Amulett gefunden. Können Sie uns etwas dazu sagen?« Sie hatte sich einen Stift geschnappt, um Leons Signale zu notieren.

Die Antwort des Leguans fiel diesmal länger aus. Miranda kritzelte eifrig mit und fing dann an, die Lautzeichen zu übersetzen.

»Finger weg … es ist gefährlich!«

Die Mädchen blickten einander an.

»Warum ist es gefährlich?«, fragte Miranda nach. »Stammt das Amulett tatsächlich von Mafaldus Horus?« Das waren zwei Fragen auf einmal. Aber es kam nur eine Antwort von Leon:

»Mischt euch nicht ein!«

Elena fühlte sich unbehaglich. Es war klar, dass ihr Vater nicht über das Amulett sprechen wollte. Sie befürchtete, dass Miranda noch mehr peinliche Fragen stellen könnte – beispielsweise, ob Leon etwas mit den *Schwarzen Zauberkutten* zu tun hatte. Deswegen fragte sie schnell selbst: »Kann man dich zurückverwandeln, Papa?«

Der Leguan pfiff und fiepte.

»Erst wenn die Zeit reif ist«, übersetzte Miranda. Sie runzelte die Stirn und sah Elena an. »Was meint er damit?«

»Was macht ihr beiden jetzt noch bei Leon?«, ertönte eine Stimme hinter ihnen. »Ist mit ihm etwas nicht in Ordnung?« Jolanda war ins Wohnzimmer gekommen. Sie trug ein bodenlanges, hellblaues Nachthemd und hielt ein Glas Wasser in der Hand.

»Wir haben herausgefunden, wie wir uns mit Papa verständigen können«, verkündete Elena. »Er pfeift das Morse-Alphabet.«

»Das Morse-Alphabet?«, fragte Jolanda verständnislos. »Was ist das denn?«

Miranda erklärte es ihr und zeigte die Liste mit den Strichen und Punkten, die sie ausgedruckt hatte.

Jolandas Gesicht hellte sich auf. »Und ihr seid sicher, dass Leon diese Sprache benutzt?«

Elena und Miranda nickten.

»Wir haben es gerade ausprobiert«, sagte Miranda. »Es funktioniert wirklich.«

»Das ist ja fantastisch.« Jolanda strahlte. »Überlässt du mir eine Weile die Zettel? Ich muss unbedingt auch mit Leon sprechen.«

»Natürlich, Frau Bredov«, sagte Miranda und gab Jolanda die beiden Blätter. »Ich werde morgen noch ein paar Ausdrucke machen, damit jeder eine Kopie bekommt.«

»Danke«, sagte Jolanda. Sie stellte ihr Glas auf den Tisch, trat dicht vor das Terrarium und sah zärtlich ins Innere.

»Liebst du mich noch, Leon?«

»Komm«, sagte Miranda zu Elena. »Ich glaube, es ist besser, wir lassen die beiden jetzt allein.«

Als Elena und Miranda am nächsten Tag zur Schule kamen, sahen sie, dass Nele und Jana vor dem Tor warteten.

Schabernack-Zauberer

In der Hexenwelt die unterste Gesellschaftsschicht der Zauberer. Ihre magischen Talente reichen nicht aus, um wichtige Aufgaben zu erfüllen. Manchmal ist es ihnen auch verboten worden, Magie anzuwenden. Schabernack-Zauberer ziehen umher, zeigen ihre kleinen Zauberkunststücke (sie verwandeln beispielsweise einen Ball in einen Schmetterling) und leben von dem, was man ihnen unterwegs schenkt. Sie übernachten in Herbergen, manchmal auch im Freien. Nur im Winter haben sie einen festen Wohnsitz, und oft nicht einmal dann. Schabernack-Zauberer haben fast nie eine Familie, weil ihr Einkommen kaum für sie selbst ausreicht. Nur selten gelingt es Schabernack-Zauberern, in die Gesellschaft zurückzufinden und ernsthafte Aufgaben zu übernehmen.

»Was ist dir eingefallen?«, fragte Elena sofort, nachdem sich die Mädchen begrüßt hatten.

»Zauberkünstler«, antwortete Nele. »Jana findet die Idee auch gut; ich habe ihr von der Sache mit Kevin und Oliver erzählt.«

»Zauberkünstler?«, fragte Elena und zog die Augenbrauen hoch.

Nele erklärte ihr, dass es in der Menschenwelt Magier gab, die die tollsten Tricks vorführen konnten.

»Es sieht aus wie echte Zauberei«, sagte Nele. »Dabei geht es um Schnelligkeit und Fingerfertigkeit. Solche Magier treten oft im Fernsehen oder bei Veranstaltungen auf und sie verraten niemals ihre Tricks. Du musst Kevin erzählen, dass deine Familie im Showgeschäft arbeitet und dass ihr alle sehr talentiert seid.«

Elena krauste die Nase, während sie überlegte, ob Neles Idee wirklich so gut war.

»Das ist anscheinend so etwas Ähnliches wie bei uns die Schabernack-Zauberer«, sagte Miranda. »Wer in der Schule versagt oder zum Studium der Zauberei-Wissenschaften nicht zugelassen wird, dem bleibt als letzter Ausweg die Schabernack-Zauberei. Solche Zauberer ziehen von Ort zu Ort und führen billige Taschenspieler-Tricks vor, über die sich hauptsächlich kleine Kinder und alte Leute freuen.«

»Sie sind nicht besonders gut angesehen in unserer Welt«, fügte Elena hinzu.

»Bei uns ist es anders«, behauptete Jana. »Manche Zauberkünstler sind ganz berühmt, *David Copperfield* zum Beispiel. Es gibt natürlich auch viele kleinere Zauberer, die auf Kindergeburtstagen zaubern oder so, aber die richtig guten sind sehr gefragt und können eine Menge Geld verdienen.«

»Hm«, machte Elena. »Und ihr glaubt, Kevin wird mir diese Ausrede abnehmen?«

»Ich denke schon«, sagte Nele. »Ich kenne doch meinen Bruder. Der glaubt eigentlich nur an das, was er sehen und begreifen kann. Oliver ist da anders, der interessiert sich für alles Übernatürliche, für Geister, Zombies, Hexen und Teufel, Voodoo und so.«

Miranda war fast ein bisschen beleidigt, weil Nele alles in einen Topf warf.

»Zombies! Wie kannst du uns damit vergleichen! Wir sind euch Menschen ziemlich ähnlich und es gab sogar irgendwann einmal gemeinsame Vorfahren. Doch dann haben sich die Wege getrennt – eine Spezies konnte zaubern, die andere nicht. Zombies dagegen sind nur ferngesteuerte Hüllen …«

»Das war doch nur ein Beispiel«, versuchte Nele Miranda zu beruhigen. »Natürlich weiß ich, dass Hexen und Zombies ganz unterschiedlich sind. Ich glaube nicht einmal, dass es Zombies in Wirklichkeit gibt, sondern nur in Romanen und Filmen.«

Miranda lächelte wieder. »Na ja, man kann so etwas schon hexen, aber es ist sehr kompliziert …«

»Echt?«, fragte Nele interessiert. Jana stieß ihre Freundin leicht genervt an.

»Jetzt redet nicht über Zombies, sondern über Kevin. Ich fände es gut, wenn Elena so tut, als hätte sie sich auch ein bisschen in Kevin verliebt. Sie könnte ja mal mit ihm Eis essen oder mit ihm ins Kino gehen. Kevin wird bestimmt nichts tun, was seiner Freundin schadet.«

Elena dachte über Janas Vorschlag nach. Die Verliebte spielen? Ob so ein Plan funktionierte und Kevin tatsächlich nichts unternehmen würde?

»Ich finde die Idee gut«, sagte Miranda. »Das könnte uns retten! Kevin und Oliver dürfen auf keinen Fall herausfinden, woher wir kommen und was wir sind.«

Elena zögerte noch immer. Es würde sie große Überwindung kosten, sich zu verstellen und Kevin an der Nase herumzuführen. Aber wenn die anderen überzeugt waren, dass der Plan klappen würde …

»Okay«, sagte sie dann. »Ich spiele das Spiel mit. Und ich werde Kevin auch erzählen, dass wir Zauberkünstler sind. Wenn uns das hilft …«

»Es hilft bestimmt«, sagte Nele zuversichtlich.

Im Krieg und in der Liebe ist fauler Zauber erlaubt!

Elena schwirrte der Kopf. Die letzte Unterrichtsstunde war ausgefallen. Sie und Miranda hatten die Zeit vor dem Internet-Computer zugebracht, um sich über Zauberkünstler zu informieren, damit Elena zumindest eine kleine Ahnung davon hatte, was sie Kevin erzählen sollte.

»Eier oder kleine Bälle aus der Nase holen. Tücher aus einem Hut hervorzaubern oder ein weißes Kaninchen rausziehen …« Elena rümpfte die Nase. »Billige Tricks. Das ist wirklich was für Schabernack-Zauberer …«

»Du kannst Kevin ja andere Zaubereien vorführen«, schlug Miranda vor, als sie über den Schulhof gingen. »Natürlich keine *höhere Zauberei*! Und auf keinen Fall etwas, was Kevin betrifft – also, dass du ihm eine Hasenpfote zauberst oder so. Aber ein bisschen fantasievoller darf es ruhig sein, wenn dir das mehr Spaß macht. Und wenn Kevin fragt, wie du das gemacht hast, dann lächelst du nur. Nele hat gesagt, dass ein echter Zauberkünstler niemals seine Tricks verrät.«

Elena fasste sich an die Brust. Ihr *Transglobkom* wurde warm. Jemand wollte mit ihr reden.

»Gib mir Deckung«, verlangte sie. Miranda stellte sich vor Elena, sodass niemand sehen konnte, wie sie ihr Amulett hervorzog und aufklappte.

Eine durchsichtige Blase schwebte heraus. Im Innern sah Elena Monas Gesicht. Die Großmutter wirkte verstört.

»Hallo, Elena«, sagte Mona und lächelte säuerlich. »Macht es euch etwas aus, zu Fuß zu gehen? Ich kann euch heute leider nicht abholen. Den Grund erkläre ich euch später.«

»Ist etwas mit Papa?«, fragte Elena besorgt.

»Schätzchen, ich habe gesagt, dass ich euch später alles erzähle«, sagte Mona nur. Dann zerplatzte die Blase.

»Mann!«, regte sich Elena auf. »Sie kann nie eine vernünftige Antwort geben, wenn man sie fragt.« Verärgert klappte sie das Amulett wieder zu und steckte es zurück. »Und jetzt können wir auch noch nach Hause laufen. Das dauert mindestens eine Dreiviertelstunde. Allmählich vermisse ich meinen Besen, ehrlich!«

»Wie wär's mit *Metamorphose*?«, schlug Miranda vor. »Wir könnten uns in Tauben verwandeln, wenn keiner zusieht, und nach Hause fliegen.«

»Aber das habe ich noch nie gemacht«, sagte Elena kläglich. Vor zwei Tagen hatte sie sich zum ersten Mal in eine Maus verwandelt, allerdings nur für ein paar Sekunden. Sich in einen Vogel zu verwandeln, zu fliegen und dann keinen festen Boden mehr unter den Füßen zu haben – das traute sie sich einfach nicht. Irgendwann mal, aber nicht jetzt. Nicht heute.

»In Ordnung«, sagte Miranda verständnisvoll. »Dann gehen wir eben zu Fuß.«

Sie nutzten den langen Heimweg, um über Kevin und Elenas Plan zu reden, auch wenn Elena das Gespräch ab und zu unterbrach und laut überlegte, warum Mona so verstört gewesen war.

»Wenn sich Papa zurückverwandelt hätte, dann hätte sie es doch gesagt, oder?«

»Bei deiner Oma weiß man nie«, antwortete Miranda.

Sie brauchten fünfzig Minuten, bis sie endlich den Nachtigallenweg erreichten. Die beiden Mädchen waren hungrig und durstig vom langen Weg, als sie klingelten. Jolanda öffnete die Haustür, und Elena konnte auch in ihrem Gesicht den Schock lesen.

»Was ist denn passiert, Mama?«

»Jetzt kommt erst mal rein, es braucht ja keiner von den Nachbarn etwas mitzukriegen«, sagte Jolanda nervös und schloss die Tür. Dann brach Frau Bredov in Tränen aus.

»Ist Papa tot?«, fragte Elena erschrocken.

Jolanda schüttelte den Kopf. »Das nicht. Das wäre *noch* schlimmer.« Sie schluchzte. »Wir haben vorhin einen *Salamanderbrief* bekommen.«

Elena und Miranda wechselten einen bestürzten Blick. Sie wussten beide, was ein Salamanderbrief bedeutete. Es war eine offizielle Verwarnung vom Landeszauberamt. Damals, als Leon verhaftet worden war, hatten die Bredovs auch einen Salamanderbrief bekommen.

»Das verstehe ich nicht«, beklagte sich Jolanda. »Wir haben uns doch gar nichts zuschulden kommen lassen, jedenfalls nicht, seitdem wir im HEXIL sind. Wir leben, ohne unangenehm aufzufallen, halten uns an die Regeln und erfüllen unseren Auftrag, neue Informationen über die Menschen zu sammeln. Warum, verhext noch mal, bekommen wir so einen Brief?«

Elena und Miranda sahen sich verstohlen an. Hatte die Geheimpolizei etwa beobachtet, wie sie mit dem Amulett gehext hatten? Elena hatte einen Kloß im Hals.

»Vor ein paar Tagen habe ich im Garten einen Feuersalamander gesehen«, sagte sie jetzt mit belegter Stimme. »Ich habe vergessen, es zu erzählen ...«

»Ein Feuersalamander?«, wiederholte Mona, die in den Flur gekommen war und gehört hatte, was Elena zu Jolanda und Miranda gesagt hatte.

»Das könnte jemand von der GZPO gewesen sein«, meinte Miranda.

»Selbst wenn!«, rief Jolanda. »Wir haben doch nichts getan! Nicht wahr, Mutter? Oder hast du etwa ...« Sie sah Mona prüfend an.

Mona schüttelte entrüstet den Kopf. »Aber nein, Kindchen! Dass du mir so etwas zutraust … Ich würde doch nie … Früher vielleicht einmal, ich gebe es zu, da habe ich ganz gerne mal mit verbotenen Zauber-Substanzen experimentiert, aber das ist schon lange her.«

»Und du hast dir nicht zufällig etwas mit dem transglobalen Versandservice schicken lassen, das nicht ganz legal war?«, hakte Jolanda nach.

»Nicht, dass ich wüsste«, entgegnete Mona. »Ich habe nicht einmal getrocknete Knollenblätterpilz-Schnecken bestellt, obwohl sie einen hervorragenden Tabak ergeben – weiß die alte Sphinx, warum diese leckeren Schnecken verboten sind! Ich habe mir keinen fliegenden Purpurmantel kommen lassen – diese Dinger sind zwar chic, aber man erreicht mit ihnen nicht die vorgeschriebene Mindestflughöhe … Gereizt hätte mich so ein Mantel schon, denn das Material hält hervorragend den Wind ab und man bekommt nach einem Flug kein Reißen und Ziehen in den Knochen – worauf jemand

Salamanderbrief

Botschaft auf Pergament von höchster zaubereiamtlicher Stelle. Der Empfänger wird in diesem Schreiben verwarnt und darüber informiert, dass er wegen eines Vergehens gegen die Regeln fortan unter Beobachtung steht. Er ist verpflichtet, Zauberei-Beamte einzulassen und ihnen jede gewünschte Auskunft zu erteilen. Auf dem Briefkopf ist ein Feuersalamander zu sehen. Nach der Lektüre verbrennt das Dokument selbstständig und hinterlässt einen beißenden Geruch nach Schwefel.

wie ich schon achtet, denn schließlich bin ich nicht mehr die Jüngste …«

»Du hast also auch nichts getan«, unterbrach Jolanda den Redefluss ihrer Mutter. »Wer dann? Warum haben wir diesen Brief bekommen?«

»Könnte es nicht sein, dass Leon ...« Mona beendete den Satz nicht, sondern verdrehte vielsagend die Augen.

»Aber Mutter, er ist ein Leguan!«, regte sich Jolanda auf. »Wie kann er in dieser Gestalt zaubern?«

»Nun, immerhin hat er es geschafft, sich zu verfärben«, sagte Mona. »Vielleicht hat er eine Methode gefunden, wie er trotz seiner Verwandlung Zauberrituale durchführen kann, etwa indem er seine Zunge verknotet oder dreimal nach Norden pupst … Er war ja schon immer ein kluges Kerlchen, dein schöner Leon …«

»Mutter, diese Situation hier ist wirklich ziemlich ernst! Außerdem gibst du Leon einfach immer für alles die Schuld«, sagte Jolanda. »Selbst wenn er ganz ruhig auf seinem Ast schläft – er ist und bleibt für dich ein Verbrecher. Nicht wahr, Mutter?«

»Genauso ist es«, sagte Mona mit süßsaurem Lächeln. »Ich finde nach wie vor, dass du ihn nicht hättest heiraten sollen. Mit diesem Theobaldus Magnus wärst du viel besser dran gewesen und wir säßen jetzt nicht im HEXIL.«

Jolanda machte schweigend kehrt und ging ins Wohnzimmer zurück. Elena und Miranda folgten ihr, zuletzt kam Mona, die »Vielleicht war es ja auch Daphne!« murmelte.

Elena wollte zum Terrarium, um zu sehen, wie es ihrem Vater ging. In diesem Moment klingelte das Telefon. Mona nahm ab.

»Für dich, Elena«, sagte sie dann und reichte ihrer Enkelin den Hörer.

»Ja, hallo?«, meldete sich Elena.

Es war Nele. »Verschwörung«, flüsterte sie ins Telefon, und Elena bekam einen Schreck. Doch dann kicherte Nele und erzählte, dass sie beim Mittagessen gesagt hatte, dass Elena unbedingt den neuen Film mit Leonardo DiCaprio sehen wollte und dass sie sich heute Abend alle um achtzehn Uhr vor dem Kino treffen würden.

»Wer ist Leonardo DiCaprio?«, fragte Elena.

»Oh Mann – okay, du kennst ihn nicht, weil du ja noch nicht lange bei uns bist. Er ist ein ganz bekannter Schauspieler und kriegt Riesengagen ... Kevin hat jedenfalls die Ohren gespitzt, und ich wette, dass er heute um achtzehn Uhr am Kino ist.«

»Und dann?«, fragte Elena lahm.

»Und dann flirtest du mit ihm und setzt dich im Kino neben ihn, ist doch klar«, sagte Nele.

»Aber mich interessiert der Film gar nicht«, sagte Elena. »Außerdem muss ich heute dringend für mein Hexendiplom lernen ...«

»Willst du, dass Kevin und Oliver auf Hexenjagd gehen?«

»Natürlich nicht!«, sagte Elena mit gedämpfter Stimme und drehte sich um, um festzustellen, ob die anderen zuhörten.

»Na, dann seid heute Abend pünktlich am Kino, du und Miranda …«

Zuerst sah es so aus, als hätte sich Nele geirrt und Kevin würde gar nicht kommen. Miranda, Elena, Jana und Nele standen vor dem Kino und warteten.

»Also, ich geh jetzt rein«, sagte Elena schlecht gelaunt. »Jetzt will ich den Film auch sehen, von Anfang an.«

Sie ärgerte sich, weil Kevin nicht kam. Sie fühlte sich insgesamt überfordert. Es lag an ihr, die Familie vor menschlicher Bespitzelung zu bewahren, während gleichzeitig die zauberische Geheimpolizei hinter den Bredovs her war. Elena fürchtete, dass es bald herauskommen würde, dass sie und Miranda das Amulett besaßen … Und was würde dann geschehen? Würde das HEXIL abgebrochen werden? Würden sie und Miranda sich von ihren Freundinnen trennen müssen? Müssten sie mit Schimpf und Schande in die Hexenwelt zurückkehren?

»Achtung, da kommt er«, flüsterte Miranda.

Elena drehte sich halb um. Kevin schlenderte herbei, ging an die Kasse und kaufte sich ein Ticket. Dann steuerte er auf die Mädchengruppe zu und klopfte Nele auf die Schulter.

»Hallo, Schwesterherz!«

Miranda gab Elena unauffällig einen kleinen Rippenstoß.

»Los, lächle ihn an«, wisperte sie.

Elena fasste sich ein Herz. Was sie jetzt tat, das tat sie für ihre Familie. Und für Miranda …

»Hallo, Kevin.«

Er blickte in ihre Richtung und wurde knallrot. »Ach, Elena, du bist auch hier?«

»Es tut mir leid, dass ich am Samstag so schnell verschwunden bin«, schwindelte Elena. »Aber mir war plötzlich höllisch übel und ich brauchte dringend frische Luft. Und weil Miranda ihren Absatz verloren hat und nicht mehr richtig laufen konnte, haben wir uns abholen lassen.«

Kevin grinste. Elena hoffte, dass er ihr die Ausrede glaubte.

»Eigentlich habe ich gar keine Zeit fürs Kino«, plapperte sie weiter. »Aber Leonardo DiCaprio muss ich einfach sehen. Weißt du, wir haben Ende Oktober einen großen Auftritt, da müssen wir fit sein, damit alles klappt. Wir sind nämlich Zauberkünstler.«

Kevins Lippen wurden schmal. »Zauberkünstler?«, wiederholte er mit heiserer Stimme.

»Oh ja.« Elena lachte. »Schon seit Generationen treten wir auf Bühnen auf und zeigen unsere Tricks. Mein Urgroßvater war zu seiner Zeit fast so berühmt wie *David Copperfield* und er war mindestens genauso gut.«

»Ihr seid also Bühnenzauberer?«, fragte Kevin interessiert nach und sah Elena in die Augen.

»Ja, ich weiß, ich sehe vielleicht nicht so aus. Aber ich bin schon ganz gut für mein Alter.« Elena streckte die Hand aus, murmelte leise einen Zauberspruch und zog aus Kevins Ohr einen Streifen mit vier Original-Kinokarten.

»Hoppla, was hast du denn da?« Sie lachte, riss den Streifen an der Perforierung auseinander und verteilte die Karten an ihre Freundinnen.

»Super«, sagte Kevin. »Wie hast du das eben gemacht?«

»Oberstes Gebot: Ein Zauberkünstler verrät nie seinen Trick«, sagte Elena. »Da sind wir ganz streng. Wenn die Leute wissen, wie es geht, dann ist ja die ganze Spannung weg.«

»Wir müssen jetzt rein«, sagte Miranda und deutete auf die Tür. »Gleich geht der Film los. Die Werbung läuft schon.«

Elena blieb an Kevins Seite und sie setzte sich auch im Kino wie selbstverständlich neben ihn. Sie merkte seine Anspannung. War es Misstrauen oder Verliebtheit? Elena selbst war auch nervös. Ob Kevin ihr die Geschichte abnahm? Sie konnte sich kaum auf den Film konzentrieren. Er offenbar auch nicht, denn sie merkte, dass er sie ab und zu verstohlen ansah.

Nach einer Weile wurde Kevin mutiger. Er legte seinen Arm zuerst auf Elenas Stuhllehne, dann rutschte der Arm herunter und lag auf ihren Schultern. Elena hielt die Luft an. Sie erinnerte sich an Mirandas Ratschläge. Anstatt den Arm zurückzuweisen, lehnte sie sich sachte immer mehr zu Kevin, bis ihr Kopf seine Schulter berührte.

Sie merkte, wie Kevin sich anspannte und ganz leise seufzte. Dann war sein Gesicht ganz dicht vor ihrem.

Kein Abwehrzauber!, ermahnte sich Elena, obwohl sie innerlich ganz steif wurde. *Ich tu es für meine Familie!*

Seine Lippen kamen näher.

Jetzt passiert es! Hiiiiiilfe!

Der erste Kuss. Kevins Lippen berührten Elenas Mund. Seine Lippen waren weich. Und warm. Dann war der Kuss auch schon zu Ende.

Elena merkte, dass sie die Hände geballt hatte, so fest, dass sich ihre Fingernägel in die Haut eingegraben hatten. Das also war ein Kuss gewesen. Sie verstand nicht, dass alle so ein

Aufheben davon machten. Sie hatte nichts dabei empfunden – keine Blitze im Kopf, keine süße Zuckerwatte im Bauch. Nichts. Null. Sie war enttäuscht und erleichtert zugleich. Es war nicht besonders schön gewesen, aber auch nicht so schlimm, wie sie es befürchtet hatte. Und wenn Kevin jetzt den Gedanken aufgab, sie und ihre Familie zu verfolgen, dann hatte sich die Mühe wenigstens gelohnt, wenn nicht, hatte sie eben eine Erfahrung gesammelt.

Kevin zog Elena dichter an sich heran. Seine Lippen kamen schon wieder, streiften ihre Wange und tasteten sich vor zu ihrem Mund. Diesmal spürte Elena seine Zunge. Das war nun doch zu viel.

Chili!, dachte Elena mit Inbrunst.

Kevin fuhr zurück und fasste an seinen Mund.

»Wow!«, entfuhr es ihm.

Er keuchte und griff dann nach der Colaflasche, die er zuvor gekauft hatte und die in der Halterung am Vordersitz steckte.

Elena musste grinsen. Wenn er Pech hatte, dann würde seine Zunge noch drei Stunden lang brennen! Aber er war selbst daran schuld! Sie hatte ihn bestimmt nicht dazu aufgefordert …

»Hast du vorhin Pizza gegessen?«, fragte er, nachdem er die halbe Flasche ausgetrunken hatte.

»Ja«, sagte Elena und zuckte die Achseln.

»Wow«, sagte Kevin noch einmal. »Ich mag's ja ganz gern ziemlich scharf, aber du …« Er griff wieder zur Flasche und trank sie diesmal leer.

»Schschsch!«, zischten einige Zuschauer hinter ihnen ärgerlich, denn der Film war gerade ziemlich spannend.

Kevin rutschte unruhig auf seinem Sitz hin und her.

»Das brennt wie der Teufel«, sagte er. »Ich muss wohl allergisch sein.« Er atmete tief. »Das gibt's doch nicht. Ich halt es nicht aus. Ich muss mir noch was zu trinken holen.« Er stand auf und quetschte sich durch die Reihe, während die Zuschauer murrten.

Kaum war er weg, rutschte Miranda auf den freien Platz.

»Was hast du mit ihm gemacht?«, fragte sie im Flüsterton.

»Chilizauber«, antwortete Elena. »Er wollte mir einen Zungenkuss geben.«

»Oje, der Arme.« Miranda kicherte.

»Meinst du, ich hab jetzt alles verdorben?«, wollte Elena wissen.

»Hört mal, wenn euch der Film nicht interessiert, dann geht raus!«, sagte ein Mann hinter ihnen.

Miranda und Elena schwiegen. Kurz darauf hörte Elena Mirandas Stimme in ihrem Kopf.

- *Kopfkonferenz?*

Okay, antwortete Elena und konzentrierte sich. Sie bemühte sich, ihre Gedanken weit zu öffnen, damit Miranda gut in ihren Kopf eindringen konnte.

- *Du brauchst keine Angst zu haben, Elena. Kevin ist bestimmt mächtig stolz darauf, dass er dich überhaupt geküsst hat. Mach dir um ihn keine Sorgen.*

Elena lächelte. Dann ist es ja gut.

- *Und wie war der Kuss? Mann, ich bin ganz neidisch, jetzt bist du mir voraus. Ich wollte doch zuerst einen Menschenjungen küssen …*

- *Du hast nichts versäumt, Miranda. Es war überhaupt nicht toll. Lippen auf Lippen, weiter nichts …*

- *Och, Elena, jetzt zerstörst du meine Träume!*

Kevin stand in der Toilette des Kinos vor dem Spiegel und überprüfte seine Lippen und seine Zunge. Nichts zu sehen! Noch immer brannte die Haut dort, als hätte er Peperoni gegessen. Er benetzte seine Lippen mit kaltem Wasser, doch das half gerade mal fünf Sekunden.

»Wahnsinn!« Kevin schüttelte den Kopf. Konnte es sein, dass es nicht mit rechten Dingen zuging? Hatte Elena ihn *verhext*? Unsinn! Er durfte nicht mehr an das blöde Gequatsche von Oliver denken! Bestimmt war etwas auf Elenas Pizza gewesen, das er nicht vertrug – das war die einzig mögliche Erklärung. Elena war ein ganz normales Mädchen – bis auf die Tatsache, dass sie und ihre Familie Illusionszauberer waren. Doch das machte Elena nur interessanter. Und er, Kevin, hatte sie vorhin tatsächlich geküsst …

Kevin schloss die Augen und rief sich den Moment ins Gedächtnis zurück. Wie weich ihre Lippen gewesen waren und wie zart ihre Haut! Und wie gut es sich angefühlt hatte, sie in seinem Arm zu halten … Elena war anders als all die Mädchen, die Kevin bisher gekannt hatte und in die er verliebt gewesen war. Sie war so zurückhaltend … Ob sie überhaupt schon einmal einen Freund gehabt hatte? Wahrscheinlich nicht! Sonst hätte sie ja nicht diese scharfe Pizza gegessen, weil sie damit rechnen musste, dass er sie küssen wollte … STOPP! Kevin rief sich in Gedanken zurück. Elena hatte ja gar nicht wissen können, dass sie sich heute im Kino treffen würden. Ganz klar, dass sie auf einen Kuss nicht vorbereitet war …

Die Haut brannte noch immer. Jetzt war es ein bisschen erträglicher als vorher. Kevin betrachtete sein Spiegelbild. So sah ein Glückspilz aus! Er hatte sie geküsst, tatsächlich geküsst, Elena – das Mädchen seiner Träume. Noch nie war er so verliebt gewesen wie jetzt. Es kam ihm vor, als wären all seine früheren Freundinnen im Vergleich zu Elena völlig bedeutungslos …

»Mann, reiß dich zusammen!«, murmelte er, obwohl er sein Glück am liebsten ganz laut hinausgeschrien hätte. So grinste er nur von einem Ohr bis zum anderen, trank einen letzten Schluck Wasser und verließ die Toilette, um in den Vorführraum zurückzukehren.

Doch als er endlich wieder die Reihe fand, stellte er fest, dass Elena und Miranda nicht mehr da waren. Nur noch Jana und Nele saßen auf ihren Plätzen.

»Mist«, sagte Kevin und ließ sich enttäuscht auf seinen Sitz plumpsen.

»Schschsch!«, zischte es schon wieder von hinten.

Ein gelungener Trick macht noch keinen guten Zauberer!

Elena und Miranda saßen auf einer Bank hinter dem Kino und warteten, bis der Film zu Ende war und Nele und Jana herauskommen würden.

»Ich glaube, der Chilizauber war ein Fehler«, sagte Elena und starrte auf ihre Fingernägel. »Ich hätte mich zusammennehmen müssen. Aber ich hab die Küsserei einfach nicht ertragen. Ich *musste* zaubern! Außerdem hätte ich es gerade nach dieser Aktion nicht mehr ausgehalten, neben Kevin zu sitzen. Kannst du das verstehen, Miranda?«

»Klar!«, erwiderte Miranda sofort. »Du hast einfach Angst bekommen, Angst vor deinen eigenen Gefühlen. Versteh ich völlig!«

»Tut mir leid, dass du den Film jetzt nicht zu Ende ansehen kannst«, meinte Elena zerknirscht. »Ich hab dir den ganzen Spaß verdorben …«

»Es ist mir einfach wichtig, dass es dir gut geht«, sagte Miranda. »Den Film kann ich später immer noch mal sehen. Und sooo toll fand ich ihn auch wieder nicht. – Achtung, duck dich!«

»Was ist?«, fragte Elena im Flüsterton.

»Dort vorne kommt Kevin«, wisperte Miranda. Sie bewegte den Zeigefinger, und ein leichter Nebel entstand, der die beiden Mädchen einhüllte. Es war zwar schon etwas dämmrig, aber sicher war sicher.

Kevin schien schlechte Laune zu haben. Er kam mit finsterer Miene aus dem Hinterausgang des Kinos, ging zu seinem Fahrrad, schloss es auf und schwang sich in den Sattel.

»Warum guckt er den Film nicht zu Ende?«, fragte Elena.

»Kunststück, Kevin ist ja nur deinetwegen ins Kino gegangen«, meinte Miranda.

Elena seufzte. »Und was jetzt? Ich hab solche Angst, Miranda. Ich muss auch dauernd an den Salamanderbrief denken. Die Geheimpolizisten haben uns bestimmt gesehen, als wir das Amulett in der Hand hielten.«

»Möglich«, antwortete Miranda.

»Werden sie uns festnehmen?«

»Keine Ahnung. Wenn wir nur wüssten, warum das Amulett so wichtig ist und woher dein Vater es hat.«

»Hältst du meinen Vater eigentlich wirklich für unschuldig?«, fragte Elena und wandte ihr Gesicht Miranda zu. Sie musste das Thema jetzt einfach noch einmal ansprechen, es war ihr zu wichtig.

Miranda schnitt eine Grimasse. »Ich weiß es wirklich nicht. Warum sagt er uns nicht, was es mit dem Amulett auf sich hat? Du musst zugeben, es ist alles schon ziemlich merkwürdig.«

»Stimmt«, sagte Elena. »Trotzdem. Selbst wenn alles gegen Papa spricht – tief in meinem Herzen weiß ich, dass er unschuldig ist. Er würde niemals schwarze Magie betreiben. Und ich kann mir auch nicht vorstellen, dass er ein Mitglied der *Schwarzen Zauberkutten* ist.«

»Ich wünschte, ich wäre schon ein paar Jahre älter und könnte besser zaubern«, sagte Miranda. »Dann könnte ich

Herkunftszauber

Komplizierter Zauber, bei dem der Zauberer oder die Hexe herausfinden will, welche Geschichte ein Gegenstand hinter sich hat. Wenn sich der Zauberer konzentriert, dann erkennt er in Gedanken, was mit dem Gegenstand passiert ist. Es ist wie ein Film, der rückwärtsläuft. Nur die besten Zauberer schaffen es, den Ursprung eines Gegenstands zu ergründen. Die meisten können nur eine Woche, höchstens einen Monat zurückverfolgen, was mit dem Gegenstand passiert ist, wer ihn in der Hand gehabt hat und wo er möglicherweise versteckt worden ist.
Um den Herkunftszauber anzuwenden, muss der Gegenstand vorliegen. Der Zauberer versetzt sich mittels starker Kräutergerüche (es gibt drei sehr wirksame Rezepturen, die nur Eingeweihten bekannt sind) in Trance, bis er Bilder in seinem Kopf wahrnimmt.

Eine abgewandelte und leichtere Form des Herkunftszaubers ist der

Spiegelzauber

Er wird eingesetzt, wenn es nur darum geht, den Schreiber von handschriftlichen Briefen oder anderer Schriftstücke ausfindig zu machen. Auch Hexen, die in der Kunst der höheren Zauberei noch nicht weit fortgeschritten sind, können bereits den Spiegelzauber durchführen. Dabei erscheint auf dem betreffenden Schriftstück der Kopf des Absenders. Das Bild ist auch für andere sichtbar – im Gegensatz zum echten Herkunftszauber.

den Weg des Amuletts vielleicht mit einem *Herkunftszauber* zurückverfolgen.«

»Du müsstest den Weg des Amuletts aber schon ziemlich weit zurückverfolgen«, meinte Elena. »Wir wissen, wo es in der letzten Zeit gewesen ist. Momentan ist es in einer Kerze versteckt, aber zuvor war es unter einem Schrank und hinter einer Fußleiste verborgen. Und davor war es in Papas Bauch.«

»Es wäre spannend herauszufinden, auf welche Weise es zu deinem Vater gelangt ist und wem es ursprünglich gehört hat«, sagte Miranda nachdenklich. »Dann wüssten wir vielleicht auch, was dein Vater damit bezweckt.«

Elena hatte wieder ein unangenehmes Grummeln im Bauch – wie immer, wenn in ihr Zweifel hochstiegen, ob ihr Vater *nicht doch* etwas Verbotenes getan hatte. Diese Zweifel kamen in der letzten Zeit öfter, und manchmal fiel es ihr schwer, an die Unschuld ihres Vaters zu glauben – obwohl sie Miranda gegenüber immer steif und fest das Gegenteil behauptete.

Aber Elena war so durcheinander in der letzten Zeit. Die Bedrohung, die über der Familie lag, schien von Tag zu Tag zu wachsen … Dabei war sie anfangs so froh gewesen, in der Menschenwelt zu sein und Nele und Jana zu haben. Sie hatte gedacht, wenn sie und ihre Familie sich unauffällig verhielten und die fünf Jahre um waren, dann würde das Leben wie früher werden, als noch alles in Ordnung gewesen war. Jetzt schien überhaupt nichts mehr in Ordnung zu sein – sondern es gab Probleme, wohin Elena schaute: der verliebte Kevin, sein misstrauischer Freund Oliver, das geheimnisvolle Amulett, Papas Verfärbung, der Feuersalamander im Garten und der bedrohliche Salamanderbrief …

Miranda merkte, in welcher trübseligen Stimmung ihre Freundin war.

»Komm.« Sie klopfte ihr tröstend auf die Schulter. »Lass den Kopf nicht hängen. Das wird schon. Es kann nicht mehr lange dauern, bis der Film aus ist – und wir könnten ja anschließend noch mit Nele und Jana in ein Café gehen und ein Stück Kuchen essen. Was meinst du?«

»Kuchen essen ist gut«, bestätigte Elena und lächelte.

»Danach hatte ich auch keine Lust, mir den Film noch länger anzusehen«, erzählte Kevin seinem Freund Oliver. »Ich bin raus und gleich zu dir. Ich kapier's nicht, echt! Warum lässt sie sich erst küssen und ist dann weg?« Er knetete nervös seine Hände.

»Meinst du, sie ist beleidigt, weil ich sie gefragt habe, ob sie vorher Pizza gegessen hat?«

Oliver antwortete nicht, sondern bewegte mit der Konsole seine Spielfigur auf dem Bildschirm weiter. Ein angreifender Löwe musste dran glauben, danach ein Nashorn. Schließlich erreichte die Spielfigur den rettenden Jeep, und Oliver konnte sich eine Pause erlauben. Er drehte seinen Stuhl zu Kevin. »Deine Elena ist eine Hexe, glaub's mir.«

Kevin schüttelte den Kopf. »Quatsch. Du hast mir nicht zugehört. Ich hab's dir doch gerade gesagt: Elena und ihre Familie sind Bühnenzauberer und sie üben für einen großen Auftritt.« Er lachte bei der Erinnerung, wie Elena ihm die Kinokarten aus dem Ohr gezogen hatte, doch gleich darauf wurde er wieder ernst, weil Oliver ihm ein Paket zuschob.

»Schau mal rein, Alter, das interessiert dich bestimmt.«

Kevin öffnete den Karton und entdeckte eine Rolle Silberdraht, ein metallenes Fangeisen, wie Wilderer es benutzten, und zwei Ledergürtel. Auch ein dickes Anleitungsheft war dabei, das Anweisungen in dreizehn Sprachen enthielt.

»Was ist das?«, fragte Kevin verständnislos.

»Alles, was man braucht, um eine Hexenfalle zu bauen.«

»Eine Hexenfalle?« Kevin stellte das Paket so schnell auf den Boden, als sei es plötzlich giftig geworden. »Das ist doch totaler Mist!«

»Gar kein Mist«, widersprach Oliver. »Willst du nicht wissen, was Sache ist? Wir enttarnen die Hexen!« Er bückte sich und griff nach dem Silberdraht. »Das ist extra präparierter Spezialdraht, Mann. Wir müssen ihn zu einem Drudenfuß biegen. Sobald er in der Nähe der Hexen liegt, werden sie magisch davon angezogen. Sie können gar nicht anders. Wir stellen die Falle auf – und peng! wird eine Hexe gefangen. Dann müssen wir sie nur noch mit dem Ledergürtel fesseln – und haben den Beweis!«

Kevin hatte ein flaues Gefühl im Magen. »Und dann?«

»Wenn die Falle funktioniert, sag ich meinen Freunden Bescheid. Die wissen am besten, was man mit einer Hexe tun muss.«

»Nicht mit mir«, sagte Kevin energisch. »Bei so einer Hexenjagd mach ich nicht mit.«

»Du bist feige!«

»Gar nicht!«

»Doch, und wie! – Ich dachte, du willst wissen, was deine Elena ist. Wenn sie keine Hexe ist, dann wird sie auch nicht in die Falle gehen – und es passiert gar nichts. Was haben wir schon zu verlieren?«

Kevin kämpfte mit sich. Er wollte auf keinen Fall vor seinem Freund als Feigling dastehen, aber er wollte auch Elena nicht verlieren. Was tun? Eigentlich konnte er sich nicht vorstellen, dass so eine Hexenfalle überhaupt funktionierte. Nur – wenn Elena herausfand, dass er und Oliver ihrer Familie nachstellten, dann würde sie ihn bestimmt keines Blickes mehr würdigen und er wäre bei ihr völlig unten durch.

»Also, was ist?«, fragte Oliver ungeduldig. »Machst du jetzt mit oder soll ich die Sache allein durchziehen?«

Das wollte Kevin auch nicht.

»Okay«, sagte er deswegen zögernd. »Wann soll das Ganze denn stattfinden?«

Oliver grinste. »Am besten noch heute Nacht!«

Jolanda klappte ihren *Transglobkom* zu. »Elena hat gerade Bescheid gesagt. Sie und Miranda wollen noch mit ihren Freundinnen ins Café gehen. Neles Mutter holt sie dann ab und bringt alle heim.«

»Jetzt noch ins Café?« Mona runzelte die Stirn. »Ich finde, du lässt deinen Töchtern zu viel Freiheit! Daphne treibt sich die ganze Zeit mit diesem Alexander herum und kommt schon fast gar nicht mehr heim. Und jetzt fängt Elena auch damit an! Du verlierst die Kontrolle über deine Töchter, Jolanda.«

»Ach was.« Jolanda rieb sich die Schläfen. Immer, wenn sie mit ihrer Mutter über Grundsatzfragen diskutierte, bekam sie Kopfschmerzen.

»Ich kann meinen Töchtern vertrauen. Wenn sie Probleme haben, dann kommen sie zu mir. Es ist viel besser, ihnen etwas mehr Freiheit zu lassen, als zu streng zu sein, glaub mir.«

»Soll das eine Anspielung sein?«, fragte Mona spitz. »Findest du etwa, dass ich dich zu streng erzogen habe? Dass ich dich *falsch* erzogen habe?«

»Ach, Mutter.« Jolanda seufzte. »Lass uns ein andermal über dieses Thema reden, ja? Ich muss noch dringend diesen Artikel über die Einweihung der neuen Sporthalle fertig schreiben. Der Redakteur braucht den Bericht bis spätestens Mitternacht.« Sie steuerte auf den Computer zu.

»Du lässt dich von deinem Chef schon ganz schön schikanieren«, bemerkte Mona, öffnete ein Etui und zog einen Zigarillo heraus. Sie bewegte den Zeigefinger, und der Zigarillo brannte. Eine feine Rauchwolke zog durchs Zimmer.

Jolanda, die gerade den Computer einschaltete, wandte den Kopf. »Mutter! Wir hatten ausgemacht, dass du auf der Terrasse rauchst und nicht im Haus!«

Mona verdrehte die Augen. »Bei der grünen Sphinx, von dem bisschen Rauch stirbst du bestimmt nicht gleich.« Sie stand aber auf und ging zur Terrassentür.

Jolanda sah ihrer Mutter nach. Kurz darauf glomm draußen in der Dunkelheit ein roter Punkt auf – Monas Zigarillospitze. Jolanda wandte sich dem Bildschirm zu. Inzwischen war sie mit dem Computer einigermaßen vertraut. Zumindest konnte sie Texte schreiben und auch E-Mails senden oder abrufen …

Schon wenige Minuten später war Jolanda in ihre Arbeit vertieft. Sie verwendete dazu handschriftliche Notizen, die sie sich während der Einweihung der Sporthalle gemacht hatte. Leider hatte sie in der Eile ziemlich schlampig geschrieben. Gerade, als sie überlegte, ob der Bürgermeister von Blankenfurt nun *Hering* oder *Henning* hieß, wurden auf der Terrasse Stimmen laut. Zwei fremde Männerstimmen!

Jolanda blickte irritiert zum Fenster. Dann stand sie auf und ging zur Terrasse, um nachzusehen, was dort vor sich ging.

»Wir haben Besuch«, sagte Mona, und ihre Stimme hörte sich nicht so an, als sei sie darüber erfreut.

Im Schatten der Terrasse standen zwei Männer in schwarzen Gewändern mit purpurnen Streifen. Der eine Mann war groß und hager und hatte lange Haare und einen wallenden Bart, der ihm bis auf die Brust fiel. Der andere war klein, dick und glatzköpfig, optisch das krasse Gegenteil. Beide hatten aber eines gemeinsam: Sie machten einen höchst unsympathischen Eindruck.

»Gestatten – Taifun«, sagte der Lange.

»Ich heiße Smaragd«, stellte sich der Dicke vor. »Wir kommen im Auftrag der GZPO. Unseren Brief haben Sie sicher erhalten.«

Jolanda spürte, wie ihre Kehle eng wurde. Jetzt nur keine Angst zeigen!

»Meinen Sie den Salamanderbrief?«

»Na, was sonst?«, näselte der Große. »Wir beobachten Sie schon seit Tagen. Uns sind immer wieder grobe Verstöße zu Ohren gekommen, die wir leider der Zentrale melden mussten.«

»Welche Verstöße?«, wollte Mona wissen. Sie stieß eine Rauchwolke aus, die sich in der Luft zu mehreren Fragezeichen formte. Jolanda fragte sich, wie ihre Mutter in dieser Situation noch Scherze machen konnte. Jede Hexe lernte, dass Geheimpolizisten keinen Spaß verstanden und dass man ihnen mit größtem Respekt begegnen musste.

»Wir haben nichts getan«, fügte Mona hinzu. »Sie können sich also die Mühe sparen und wieder gehen.«

»Nichts getan?«, keifte der kleine Dicke. Er schnippte mit den Fingern, und schon hielt er ein langes Dokument in der Hand. Das Dokument leuchtete grünlich von innen heraus, sodass er den Text darauf trotz der Dunkelheit lesen konnte. Smaragd begann, die Liste der Vergehen herunterzurattern.

»Zaubern in der Öffentlichkeit. Anwendung nicht zugelassener Zaubersprüche. Bestellung von verbotenen Zaubermitteln. Leichtsinniger Umgang mit Menschen. Nichteinhalten der Schweige- und Tarnungspflicht. Überschreiten der hexischen Kompetenz. Besitz von Handys und damit leichtfertiges Aufs-Spiel-Setzen der Gesundheit.« Er machte eine gewichtige Pause, um Luft zu holen. »Und nun das Schlimmste von allem: Besitz und Verwendung eines verbotenen Amuletts.«

Jolandas Herz klopfte heftig. Jeder einzelne Punkt reichte, um Probleme mit dem Landeszauberamt zu bekommen.

»Machen Sie sich nicht lächerlich«, sagte Mona ungerührt und schnippte die Asche in den Garten. »Die beiden Handys hat uns der Hexilbeauftragte besorgt, also ist es ganz legal. Und die kleine Dose mit pulverisierten Blattschneideameisen stammt aus dem nordöstlichen Spitzgebirge, das seit zwei Wochen zu unseren Zauberkolonien gehört. Es handelt sich also um keinerlei Schmuggelware. Ich kann Ihnen die Rechnung zeigen, es fielen sogar transglobale Zollgebühren an – eine Schande.«

»Von einem Amulett weiß ich jedenfalls nichts«, sagte Jolanda und trat weiter auf die Terrasse hinaus. Die beiden Männer verströmten einen unangenehm modrigen Geruch nach Erde.

Wahrscheinlich hatten sie noch bis vor Kurzem die Gestalt von Feuersalamandern gehabt.

»Wir sind aber ganz sicher, dass sich das Amulett in Ihrem Besitz befindet«, erklärte Taifun. »Wenn Sie es nicht freiwillig herausgeben, dann durchsuchen wir das ganze Haus.«

»Vergessen Sie dabei den Teich nicht«, sagte Mona spitz. »Vielleicht haben die Kois ja das ominöse Amulett gefressen, wer weiß?«

Smaragd faltete das Dokument zusammen und wechselte mit seinem Begleiter einen Blick. Dieser nickte.

»Wir werden Sie leider festnehmen müssen«, sagte Smaragd. »Sie werden sich in unserer Zentrale einem ausführlichen Verhör unterziehen. Kommen Sie bitte mit.« Er streckte die Hand nach Mona aus.

»Fassen Sie mich nicht an, Sie ... Sie ... aufgeblasener Frosch!«, keifte Mona mit schriller Stimme und schlug Smaragd auf seine dicken Finger.

Jolanda schnappte erschrocken nach Luft. »Mutter!«

Aber Mona war in Fahrt. Jolanda sah, wie ihre Augen in der Dunkelheit funkelten. Mona schwang die Hand mit dem Zigarillo und zeichnete mit dem glühenden Ende eine Rune in die Luft – das starke magische Zeichen für Holz. Das Zeichen war mehrere Sekunden lang in der Dunkelheit zu sehen, bevor es verglühte.

Ein einziges Wort kam aus Monas Mund, ausgestoßen mit der größten Hexenkraft: »*Lignum!*«

Smaragd und Taifun erstarrten mitten in ihren Bewegungen und schrumpfen. Die Konturen wurden flach und eckig, dann klatschten zwei Holzscheite auf die Terrassenfliesen, das eine lang und dünn, das andere kurz und dick.

Jolanda stieß einen Schrei aus. »Mutter! Was hast du getan?«

»Was jede vernünftige Hexe in dieser Situation tun würde«, sagte Mona ungerührt. »Ich habe die beiden Quälgeister in Kaminholz verwandelt. Denkst du, ich lasse mich so einfach von diesen beiden Wichten verhaften? – Komm, jetzt hilf mir, das Holz in den Schuppen zu schaffen, damit es hier nicht mehr herumliegt. Und zu niemandem ein Wort, Jolanda!«

Mist«, sagte Oliver, der sich gerade über den Gartenzaun geschwungen hatte. »Da sind zwei Frauen im Garten – Elenas Mutter und dann noch diese Alte, die Elena und Miranda immer zur Schule fährt. Was tun sie da?«

Kevin hätte seinem Freund gerne gesagt, dass er nichts Ungewöhnliches daran fand, wenn zwei Frauen im eigenen Garten herumgingen – selbst nach Einbruch der Dunkelheit. Vielleicht hatten sie nur ein bisschen Luft geschnappt oder den Kois im Teich eine Nachtmahlzeit gebracht. Aber jetzt war nicht der Zeitpunkt für lange Diskussionen. Tatsache war, dass die beiden Frauen die Pläne der Jungs störten. Oliver und Kevin waren gezwungen zu warten, bis die Frauen wieder ins Haus zurückgegangen waren. Zum Glück dauerte es nicht lange.

»Komm! Die Luft ist rein«, sagte Oliver, nachdem die Terrassentür geschlossen worden war. Die Jungs huschten durch den Garten und nutzten die Deckung der Schatten. Oliver steuerte zielstrebig den Schuppen an, in dem auch Jolandas rotes Stadtauto parkte. Das andere Auto der Bredovs, der schwarze Combi, stand draußen vor der Einfahrt.

Oliver wollte die Falle im Schuppen aufbauen, den er beim ersten Besuch entdeckt hatte. Wenn die Bredovs zufällig in den Garten schauten, sollte niemand den glänzenden Draht im Gras entdecken und misstrauisch werden.

Vorsichtig öffnete Oliver seinen Rucksack, in dem alles steckte, was er für die Hexenfalle brauchte.

»Hm … Wird ziemlich knapp werden«, brummte Oliver. »Durch das Auto ist es hier drin verdammt eng.«

Der Drudenfuß sollte – laut Anweisungsheft – einen Durchmesser von mindestens zwei Metern haben, damit die Falle auch funktionierte. Oliver musste ein paar Gartenstühle zur Seite räumen, um genügend Bodenfläche zu haben. Kevin leuchtete unterdessen mit der LED-Taschenlampe den Schuppen ab. Die Lampe verbreitete kaltes, weißes Licht. Kevin spürte, wie sich seine Nackenhaare aufstellten, als der Lichtschein eine Maske streifte, die an der Wand hing. Die Maske war aus dunklem Holz geschnitzt und mit bunten Mosaiksteinchen geschmückt. In den Augenhöhlen saßen glänzende Steine … Kevin fühlte sich beobachtet. War das etwa eine hexische Überwachungskamera? Seine Knie wurden weich. *Hexen*! Hatte er sich etwa doch von Oliver anstecken lassen?

»Hilf mir mal«, forderte Oliver Kevin auf und reichte ihm die Drahtrolle. »Wir müssen den Draht zu einem Drudenfuß biegen. Halt das Ende fest.«

Es war nicht leicht, den Drudenfuß herzustellen. Die Seitenlängen des Sterns waren zu lang für den dünnen Silberdraht; der Stern wackelte und verbog sich ständig. Die beiden Jungs fluchten. Schließlich waren sie fertig – und mit viel Fantasie war ein Pentagramm erkennbar, krumm und windschief.

»Meinst du, das funktioniert trotzdem?«, fragte Kevin zweifelnd.

»Mann, besser krieg ich's nicht hin mit dem verdammten Draht«, knurrte Oliver und legte den wackeligen Stern auf den Boden. Der Stern ging wieder auseinander. Oliver trat nach hinten und stieß dabei zwei grobe Holzscheite um, die an der Wand lehnten. Es polterte.

»Verflixter Mist!«

Kevin hatte sich eben noch gebückt, um den Stern auszurichten. Als er aufschaute, sah er, wie hinter Oliver zwei lange Schatten aus dem Boden wuchsen und sich zu Gestalten formten.

»Pass auf, da ...« Weiter kam Kevin nicht. Oliver drehte sich um und stieß einen erstickten Schrei aus.

Zwei Männer standen hinter ihm, wie aus dem Nichts erschienen. Sie waren ganz in Schwarz gekleidet, nur die Ärmel und Kragen hatten rote Streifen. Kevin spürte sofort, dass etwas Fremdartiges von den beiden ausging. Das waren keine *Gruftis* oder Angehörige der *Gothic*-Szene, mit denen Oliver Kontakt hatte ... Sie waren *anders*, als stammten sie aus einer anderen Welt.

»Was haben wir denn hier?«, sagte der Größere, der einen langen Bart trug. Mit seiner Stiefelspitze berührte er den Silberdraht.

Drudenfuß
(auch Pentagramm genannt)

Fünfzackiger Stern, der in einer Linie gezeichnet werden kann, ohne dass man neu ansetzen muss. Im Volksglauben gilt der Drudenfuß als ein Zeichen, das böse Geister bannen kann. Auf die Türschwelle gezeichnet, dient der Drudenfuß als Schutz vor Bösem. Bei Geisterbeschwörungen ist man angeblich sicher, wenn man sich in der Mitte des Pentagramms befindet.

»Dumme-Jungen-Spielereien«, antwortete der andere mit einem Kichern.

»Wer sind Sie?«, keuchte Oliver mit heiserer Stimme. »Woher kommen Sie auf einmal?«

Die Männer antworteten nicht. Sie wechselten einen kurzen Blick. Dann streckte der Dicke die Hand aus und bewegte den Zeigefinger, ohne ein Wort zu sagen. Der Silberdraht, den Kevin und Oliver so mühsam zurechtgebogen hatten, erhob sich vom Boden und wickelte sich um die Jungs – so schnell, dass keiner reagieren konnte. Rücken an Rücken wurden die beiden zu einem Bündel geschnürt. Immer enger schlang sich der Draht um sie, bis sie unfähig waren, sich zu bewegen. Anschließend schnippte der Große mit den Fingern, und Kevin merkte, dass irgendetwas mit seinem Hals geschah. Er wollte schreien – aber kein Ton kam aus seiner Kehle …

»Das reicht fürs Erste«, meinte der Große. »Wir kümmern uns später um die beiden.« Dann verließen sie den Schuppen und gingen aufs Haus zu.

Mancher Zauberer ist anders, als er scheint

Elena überlegte, ob sie noch ein weiteres Stück Schokoladenkuchen bestellen sollte. Jana hatte recht, Schokolade war gut für die Seele. Elena fühlte sich schon nicht mehr so verzweifelt wie vorhin nach dem Kino. Aber vielleicht würde ihr schlecht werden, wenn sie noch ein drittes Stück von dem leckeren Kuchen aß, den es hier im Café gab.

»Bestellt ihr noch was?«, fragte sie in die Runde.

In diesem Moment klingelte Neles Handy. Sie fischte es umständlich aus ihrer Tasche und starrte gebannt auf das Display.

»Es ist Kevin«, sagte sie erstaunt. Sie warf Elena und Miranda einen Blick zu. »Darf ich rangehen?«

Die beiden Hexenmädchen nickten, obwohl es für sie immer sehr unangenehm war, wenn in ihrer unmittelbaren Nähe ein Handy benutzt wurde. Elena bekam jedes Mal stechende Kopfschmerzen, während Miranda über ein Beklemmungsgefühl in der Brust klagte. Elena hatte das Gefühl, dass sie sich nie auf ein Handy würde einlassen können – wie Daphne, die ihrem Alexander unbedingt SMS schicken wollte. Gut, vielleicht ließen sich die Kopfschmerzen ja ertragen, wenn die Liebe groß genug war …

»Wo bist du?«, fragte Nele ins Handy. »Kannst du nicht lauter reden? Ich versteh dich kaum. Warum krächzt du so? Was ist los?«

»Hilf mir«, flüsterte Kevin. Es war ihm gelungen, seinen rechten Arm zu befreien und sein Handy aus der Hosentasche zu ziehen. Die erste Nummer, die ihm einfiel, war die seiner Schwester. Seine Kehle war wie zugeschnürt. Die Männer hatten seine Stimme blockiert und er konnte nur mit größter Mühe ein paar Worte krächzen.

»Was ist passiert?«, fragte Nele am anderen Ende der Leitung besorgt.

Kevin hätte ihr gerne ausführlich erzählt, was passiert war, aber er musste sich auf das Wichtigste beschränken.

»Hilf mir«, presste er heraus. »Wir sind bei Elena im Garten. Hol die Polizei! Schnell!«

Das Handy rutschte aus seinen Fingern und fiel auf den Boden, dorthin, wo er es nicht erreichen konnte. Er und Oliver waren noch immer gefesselt. Kevin konnte einfach nicht fassen, was passiert war. Die beiden fremden Männer … sie hatten ihn und Oliver verhext! Das war doch unmöglich, aber wahr!

Oliver versuchte, etwas zu sagen, aber er brachte nur Grunz- und Zischlaute hervor. Die beiden Jungen waren völlig verzweifelt. Sie waren so hilflos. Kevin hatte große Angst. Wenn die Männer wiederkamen, was würden sie dann mit ihnen machen?

Er konnte nur hoffen, dass Nele tatsächlich Hilfe holte …

»Irgendwas ist passiert«, murmelte Nele und steckte ihr Handy wieder ein, nachdem die Verbindung zu Kevin unterbrochen worden war. »Ich konnte meinen Bruder kaum verstehen. Er ist anscheinend in eurem Garten, Elena. Bestimmt mit Oliver, da möchte ich wetten! Kevin will, dass ich die Polizei rufe.«

Elena starrte ihre Freundin erschrocken an. Ihr erster Gedanke war, dass Mona sich durch die Jungs gestört gefühlt und sie im ersten Zorn verhext hatte.

»Keine Polizei«, sagte Elena. »Bloß nicht. Lass uns selbst nachsehen! Am besten gleich.« Sie stand auf und griff nach ihrer Jacke.

Die Bedienung kam sofort an den Tisch. »Stopp. Erst bezahlen, dann könnt ihr gehen.«

»Ach so, natürlich.« Elena suchte in ihrer Tasche und legte einen Geldschein auf den Tisch. »Ihr seid alle eingeladen.«

»Danke«, sagten ihre Freundinnen wie aus einem Mund.

Als sie draußen vor dem Café standen, schlug sich Elena an die Stirn. »Mist. Wie kommen wir nach Hause?«

»Besen wär jetzt gut«, sagte Miranda.

»Ich könnte meine Mutter anrufen, sie wollte uns ja sowieso vom Café abholen und heimbringen«, sagte Nele. Doch dann fügte sie hinzu: »Nein, das ist keine gute Idee. Meine Mutter stellt bestimmt zu viele Fragen. Wartet.« Sie lief ins Café und kam wenig später mit einem jungen Mädchen zurück, das am Nebentisch gesessen hatte und Nele offenbar schon länger kannte.

»Das ist Celine«, sagte Nele. »Sie war letztes Jahr meine Kursleiterin in Leichtathletik. Celine hat seit Kurzem den Führerschein, und ich hab sie gefragt, ob sie uns vielleicht fahren kann.«

»Wenn ihr euch traut«, kicherte Celine. »Mein Auto ist winzig und alt, aber es fährt!« Sie deutete auf den gegenüberliegenden Parkplatz. »Der kleine grüne Wagen ganz rechts, der ist es. Hoffentlich passt ihr alle rein.«

»Toll, dass du uns heimfährst«, sagte Miranda.

»Ist doch klar.« Celine lächelte.

Elena fand, dass Celine viel besser Auto fahren konnte als Großmutter Mona – was aber auch kein großes Kunststück war, bei Monas rasantem Fahrstil. Zu dritt auf der Rückbank war es zwar wirklich eng, aber zum Glück dauerte es nicht sehr lange, bis sie den Nachtigallenweg erreichten.

»Wohnt ihr denn alle da?«, fragte Celine, als die vier Mädchen ausstiegen. »Ich kann jede von euch heimbringen, das ist kein Problem.«

»Danke, aber wir haben hier noch was zu erledigen«, sagte Nele. »Ciao, Celine, wir sehen uns dann vielleicht am Samstag. Und vielen Dank fürs Bringen!«

»Gern. Macht's gut«, rief Celine, kurbelte die Fensterscheibe wieder hoch und fuhr davon.

»So«, sagte Nele, »und was jetzt?«

Die Fenster der Villa waren erleuchtet.

»Am besten gehen wir durch den Garten, wenn Kevin gesagt hat, dass er dort ist«, meinte Elena.

Das Gartentor war abgesperrt, aber es kostete Miranda nur ein Fingerschnippen, dann sprang das Schloss auf.

Elena legte den Finger auf die Lippen. »Besser, wir sind vorsichtig«, flüsterte sie. Sie hatten ja keine Ahnung, was sie im Garten erwartete. Miranda und Elena gingen voraus, Nele und Jana folgten ihnen.

»Spürst du das?«, wandte sich Miranda an Elena. »Ich fühle *fremde Magie*.«

Elena nickte. Sie spürte ein leichtes, eigenartiges Prickeln auf der Haut, ohne dass sie genau sagen konnte, was es war. Miranda hatte eindeutig bessere Sensoren, wenn fremder Zauber in der Nähe war.

»Du meinst, es war nicht Mona?«, wisperte Elena.

Miranda schüttelte den Kopf.

Elena hatte ein ungutes Gefühl. *Die Geheimpolizei!*, schoss es ihr durch den Kopf. Vielleicht wurden sie in diesem Moment beobachtet, wie sie durch den Garten schlichen. Elena bildete sich ein, die Blicke der Feuersalamander zu spüren, die sich im Gras verbargen.

Miranda ließ sich nicht beirren, sondern ging zielstrebig zum Schuppen. Dort, neben Jolandas Auto, fand sie die beiden gefesselten Jungs.

»Holla«, sagte sie. »Das sieht ja nicht gut aus.« Sie drehte sich zu Elena. »Befreien?«, fragte sie.

Elena nickte. Die beiden Jungs waren eindeutig Opfer, nicht Täter. Miranda streckte den Zeigefinger aus und murmelte etwas vor sich hin. Der Silberdraht wurde zu glitzerndem Staub und fiel von den Gefangenen ab. Nele bückte sich und hob Kevins Handy auf.

Die beiden Jungs kamen mühsam auf die Füße. Kevin wollte etwas sagen, aber er konnte noch immer nur mühsam krächzen.

»Was … wo …«

»Eigentlich ganz nett, wenn die Jungs die Klappe halten«, meinte Miranda. Dann zuckte sie die Schultern und befreite die Jungs mit einem weiteren Zauberspruch von ihrem unfreiwilligen Schweigen.

»Dann stimmt es tatsächlich«, sagte Kevin fassungslos und blickte von Miranda zu Elena. »Ihr seid Hexen …«

»Noch eine solche Bemerkung, und ich stopfe dir wieder den Mund«, sagte Miranda freundlich. »Sag mir lieber, wer euch gefesselt hat. Was ist passiert?«

Oliver, der schlotternd neben Kevin stand, berichtete von den beiden fremden Herren, die plötzlich im Schuppen aufgetaucht waren.

»Und wo sind sie jetzt?«, fragte Elena.

»Drinnen«, sagte Kevin. »Sie sind ins Haus gegangen. Mehr weiß ich auch nicht.« Elena und Miranda sahen sich an. Ihnen schwante Schlimmes.

»Es gibt kein Amulett«, sagte Mona. Sie hätte gerne die Achseln gezuckt, aber das ging nicht, denn sie war bis zum Hals gelähmt – genau wie Jolanda, die neben ihr auf der Couch saß. Der Zauber hatte sie von hinten erwischt. *Wende deinem Feind nie den Rücken zu!*, hieß eine eiserne Regel in der Hexenwelt, obwohl es als unfair galt, von hinten anzugreifen und zu verzaubern. Das verstieß gegen jede Zauberer-Ehre – aber die beiden Gestalten, die vorgaben, Geheimpolizisten zu sein, hatten offenbar keine.

»Wir können einen kleinen Folterzauber anwenden«, meinte Smaragd und sah fragend zu seinem Begleiter. »Dann werden die beiden schon zu reden anfangen.«

»Nessel-Juckreiz Stufe 4?«, erwiderte Taifun.

Mona kochte innerlich vor Wut. *Folterzauber!* Das war kein anständiges Verhör mehr. Am liebsten hätte sie die beiden in ein Stück Seife verhext und diesmal ins Klo gespült, aber leider waren ihr durch den unsichtbaren Zauber buchstäblich die Hände gebunden. Sie konnte nicht einmal die Zehen bewegen, damit hätte sie vielleicht einen kleinen Trick geschafft. Aber die beiden Herren hatten an alles gedacht. Weiß die Sphinx, wie sie es geschafft hatten, sich so schnell zurückzuverwandeln! Mona überlegte, ob sie beim Verhexen möglicherweise einen Fehler gemacht hatte. Sie hätte besser keine Holzscheite aus den beiden gemacht, sondern klebrigen Teer oder sogar Pferdemist ... etwas Breiiges, Weiches, das ihre Identitäten vermischt hätte. Dann wäre ihnen die Rückverwandlung nicht so schnell gelungen. Mona ärgerte sich über ihren eigenen Fehler. Am besten hätte sie die Hölzer gleich ins Feuer werfen sollen! Sie hatte ihre Gegner eindeutig unterschätzt. Wurde sie langsam alt?

»Glauben Sie uns doch – hier gibt es wirklich kein Amulett!«, sagte Jolanda mit flehender Stimme. »Das können wir vor dem Richter aussagen. Ihre Anschuldigungen sind falsch! – Gut, es mag sein, dass wir uns in der Menschenwelt nicht immer korrekt verhalten haben und dass wir ein bisschen leichtsinnig gewesen sind ...«

»Sei still, Jolanda!«, sagte Mona streng. Sie hielt es nicht aus, wie sich ihre Tochter zu rechtfertigen versuchte. Und irgendwelche Schuld einzugestehen war ohnehin das Verkehrteste, was man tun konnte.

Inzwischen hatte Mona erhebliche Zweifel, ob die beiden tatsächlich zur ZGPO gehörten. Wie Geheimpolizisten kamen sie ihr immer weniger vor, obwohl sie ganz sicher den *Salamanderbrief* geschickt hatten. Konnte es sein, dass die beiden Herren Betrüger waren? Und dass sie – aus irgendwelchen Gründen – nur ein ganz bestimmtes Amulett finden wollten, das sie in diesem Haus vermuteten?

»Fangen wir bei der Alten an«, sagte Smaragd mit einem fiesen Grinsen. Er streckte die Hand aus und fing an, den Folterzauber zu sprechen.

»Nesselpustel, Eiterpickel,
juckbetonter Kitzelwickel ...«

In diesem Moment schlug die Haustür zu und Daphne stürmte ins Wohnzimmer. Sie war so wütend, dass sie die fremden Herren gar nicht wahrnahm.

»Es ist Schluss! ALEX KANN MICH MAL!« Bei jedem Wort gab es eine kleine Explosion, Daphne hatte ihre Gefühle nicht unter Kontrolle. Bunte Blitze zuckten quer durchs Zimmer. Einer davon traf versehentlich das Terrarium. Das Glas bekam einen Sprung. Daphne bemerkte es nicht mal.

»DIESER VERDAMMTE IDIOT!!« Sie schlug die Hände vors Gesicht und warf sich in einen Wohnzimmersessel.

»Noch besser«, sagte Smaragd. »Eine mehr, die wir foltern können.«

Daphne hob überrascht den Kopf und erblickte die beiden Fremden.

Dann sah sie Jolanda und Mona stocksteif auf der Couch sitzen und erfasste blitzschnell die Situation. Sie sprang auf.

»NEIIIIN!« Sie streckte den Arm im gleichen Moment aus, in dem Smaragd sie verhexen wollte. Die beiden ausgeübten Zauber von Daphne und dem Fremden prallten in der Luft wie Blitze aufeinander und explodierten. Ein Funkenregen rieselte auf den Boden.

»Gut reagiert.« Smaragd lächelte schief. Jetzt streckte Taifun den Arm aus, aber Daphne hatte damit gerechnet. Ihre Wut schien ihre Hexenkräfte zu vervielfachen. Bevor Taifun dazu kam, einen Zauber gegen Daphne auszusprechen, hatte sie eine eiserne Schiene um seinen Arm gelegt. Taifun machte ein erstauntes Gesicht, dann konzentrierte er sich. Im gleichen Augenblick, als er seine Schiene abschüttelte, fiel die Glaswand des Terrariums nach vorne und zersplitterte auf dem Boden.

Dann stand plötzlich ein dritter Mann im Zimmer. Daphne ließ die Arme sinken. Ihre Augen wurden riesengroß. »Papa!«

Smaragd und Taifun fuhren herum. Als sie Leon Bredov erkannten, wurden sie bleich wie der Tod.

»Zeit zu verschwinden«, sagte Smaragd.

»Allerhöchste Zeit«, murmelte Taifun.

Mit einem lauten Knall lösten sich die beiden in Luft auf.

Elena hatte die letzte Szene von draußen durch die Terrassentür hindurch beobachtet. Sie trommelte wild gegen die Scheibe, um auf sich aufmerksam zu machen. Die Tür war von innen verschlossen.

»Du lernst es nie«, sagte Miranda neben ihr und löste mit einem Fingerschnippen das Problem. Nele und Jana waren bei den Jungs im Schuppen geblieben. Elena und Miranda hatten ihnen aufgetragen, dort zu warten, weil sie es für sicherer hielten.

Jetzt stürzte Elena los und warf sich in die Arme ihres Vaters.

»Papa!« Es tat so gut, seine Umarmung zu spüren! Endlich war er wieder da, heil und unversehrt, in seiner normalen Gestalt. Er trug einen schwarzen Umhang, den Elena noch nie an ihm gesehen hatte. Der Saum hatte eine silberne Bordüre.

»Elena!« Leon Bredov drückte seine Tochter fest an sich. Als er sie losließ, hatte er Tränen in den Augen.

»Ich würde gerne bleiben und euch alles erklären, aber es geht nicht«, sagte er. »Ich muss hinter den beiden her.«

»Du willst wieder weg?« Elena war fassungslos, während sie zurücktrat, damit Daphne Papa umarmen konnte.

»Ich will nicht, ich muss«, antwortete Leon. »Das ist eine lange und komplizierte Geschichte.« Mit einer Armbewegung löste er den Lähmungszauber von Jolanda und Mona. Jolanda sprang auf und eilte auf Leon zu. Die beiden fielen sich in die Arme und küssten sich.

»Ich hab gewusst, dass du dich wieder zurückverwandeln wirst«, sagte Jolanda glücklich. »Ich habe immer daran geglaubt! Und auch daran, dass du unschuldig bist.«

»Es ist alles nicht so, wie es scheint«, sagte Leon und begrüßte nun auch Mona, die ihn vorsichtig auf die Wange küsste, ohne dass ihre Lippen seine Haut berührten. »Hallo, Schwiegermama. Ich weiß, dass du dich nicht wirklich freust, dass ich wieder da bin, aber es ist trotzdem nett, dass du so tust.«

Mona stieß nur kurz empört die Luft aus, wie ein Drache, der sich ausgefaucht hat.

Leon wandte sich an Elena. »Und nun hol das Amulett, schnell!«

»Das Amulett?«, wiederholte Mona. »Dann gibt es doch ein Amulett? Warum weiß ich davon nichts?«

Elena verstand die Antwort nicht mehr, weil sie schon losgeschossen war und die Treppe hinauflief. In ihrem Zimmer holte sie die Kerze vom Regal, nahm das Amulett heraus und betrachtete es kurz. Jetzt hatte sie noch mehr Fragen als vorher. Was bedeutete das Amulett und wozu diente es? Elena biss sich auf die Lippe, dann stürzte sie wieder nach unten, wo Leon schon ungeduldig auf sie wartete.

»Danke.« Er legte das Amulett um seinen Hals. Der rote Stein funkelte auf seinem schwarzen Gewand.

»Papa …« Elena sah ihn flehend an. »Hast du etwas mit Mafaldus Horus zu tun? Hast du Kontakt zu den *Schwarzen Zauberkutten*?«

»Zweifelst du an mir?«, fragte ihr Vater.

Elena schüttelte den Kopf. Sie zweifelte bestimmt nicht an ihm, aber sie hätte gerne gewusst, was das alles zu bedeuten hatte.

»Ich habe euch belogen«, sagte Leon nun und ließ seinen Blick durch den Raum wandern. »Euch alle. Es tut mir leid. Aber ich musste es tun. Ich hatte keine andere Wahl.«

Mona schnappte deutlich hörbar nach Luft. »Belogen?«

»Ich weiß, Schwiegermama, du hältst mich für einen Versager und Loser«, sagte Leon und ein Lächeln spielte um seine Lippen. »Ich muss dich leider enttäuschen. Ich bin im höchsten Auftrag unterwegs, denn ich bin ein Spitzenagent im Dienst der Zauberregierung. Der Prozess, meine Verurteilung und alles was damit zusammenhing – das war ein reines Täuschungsmanöver, um die *Schwarzen Zauberkutten* anzulocken und herauszufinden, wo sich Mafaldus Horus aufhält. Das Amulett spielt dabei eine wichtige Rolle. Es gehört tatsächlich Mafaldus und wir haben es als Köder benutzt. – Verzeiht mir, dass ich euch allen solche Unannehmlichkeiten bereiten musste, aber es ging nicht anders.«

»Du – ein Agent?«, wiederholte Jolanda fassungslos. »Das heißt … der Prozess, deine Verwandlung …« Sie stockte. »Dann hättest du dich jederzeit zurückverwandeln können?«

Leon lächelte wieder sein geheimnisvolles Lächeln. »Später, wenn ich zurück bin, werde ich alles ausführlich erzählen. Aber nun muss ich los, sonst hole ich die anderen nicht mehr ein. Entschuldigt, dass alles so schnell geht. Und vertraut mir!« Er küsste Jolanda ein letztes Mal. Dann riss er beide Arme hoch und war verschwunden.

»Papa ist ein echter Geheimagent?«, fragte Elena verwirrt, nachdem Leon fort war. Sie konnte es nicht fassen. Alles war so schnell gegangen.

»Und die beiden angeblichen Geheimpolizisten waren Mitglieder der *Schwarzen Zauberkutten*«, sagte Mona böse.

»Ich habe mir gleich gedacht, dass mit denen was nicht stimmt. Sie müssen schwarze Magie beherrschen, sonst hätten sie sich nicht so schnell zurückverwandeln können.« Sie schüttelte den Kopf und atmete heftig. »Welche Unverschämtheit, uns einen Salamanderbrief zu schicken!«

»Das Amulett muss sehr wichtig sein, wenn die *Schwarzen Zauberkutten* sogar bis in die Menschenwelt reisen, um es zu holen«, meinte Miranda. Sie packte Elena am Ärmel. »Und was hat dein Vater damit gemeint, als er von Mafaldus' Aufenthaltsort geredet hat? Heißt das, dass Mafaldus Horus noch am Leben ist? Das kann doch gar nicht sein! Er muss seit Jahrhunderten tot sein!«

»Vielleicht hat er eine Möglichkeit gefunden zu überleben«, mischte sich Mona ein. »Es heißt immer, dass die *Schwarzen Zauberkutten* nach einem Mittel suchen, das unsterblich macht. Möglicherweise haben sie inzwischen einen Weg gefunden …«

»Ich bin völlig fertig!« Jolanda schluchzte. »Das ist alles zu viel. Ich kann noch immer nicht begreifen, dass alles nur inszeniert war – und dass Leon die ganze Zeit im Einverständnis mit den Obersten Zauberrichtern gehandelt hat.«

Daphne legte die Arme um ihre Mutter. »Jetzt heul doch nicht, Mama! Freu dich lieber! Papa ist ein Held!«

»Und er war die ganze Zeit unschuldig«, sagte Elena, die die ganze Tragweite des Geschehens erst nach und nach begriff.

»Und er ist so lange ein Leguan gewesen – freiwillig«, murmelte Miranda. »Bestimmt hat er in seinem Terrarium auch alles mitgekriegt, was wir gesagt oder getan haben.«

»Alles?«, fragte Mona und ihre Wangen färbten sich rot vor Verlegenheit. »Glaubst du wirklich?«

»Jedes Wort«, betonte Miranda und nickte.

»Du hast so oft grässliche Gemeinheiten über ihn gesagt, Oma«, erinnerte Elena ihre Großmutter.

Mona presste die Lippen zusammen. Es schien ihr ziemlich peinlich zu sein. »Nun ja«, sagte sie dann mit einem dünnen Lächeln, »das lässt sich ja nicht mehr ändern, oder?«

Elena schaute ihre Großmutter prüfend an. Nicht einmal jetzt schien sie ihre harten Worte zu bereuen, dafür saß die Abneigung gegen ihren Schwiegersohn zu tief. Aber ob es sie insgeheim nicht doch beeindruckte, dass Leon Geheimagent im Auftrag der Zauberregierung war? Elena war jedenfalls sehr stolz auf ihren tapferen Vater, der so viele Unannehmlichkeiten auf sich genommen hatte, um den *Schwarzen Zauberkutten* eine Falle zu stellen.

»Sie können uns helfen«, sagte Miranda jetzt zu Mona. »Es gibt nämlich noch ein Problem. Zwei Jungs haben uns hinterhergeschnüffelt. Und die haben heute Abend mehr mitgekriegt, als für sie gut war – und jetzt wissen sie, dass wir Hexen sind. Sie müssten vielleicht einen kleinen *Vergessenszauber* über sie legen, das können Sie doch so gut!«

»Natürlich«, sagte Mona und lächelte die beiden Mädchen an. »Ich zeige euch gerne, wie man den Menschen eine solche Lektion verpasst – dann könnt ihr das nächste Mal den *Vergessenszauber* selbst ausführen! Allerdings ist so ein Zauber nicht ganz einfach und auch nicht ganz risikofrei. Man sollte ihn nur in einem Notfall anwenden.«

»Die Jungs im Schuppen sind ein absoluter Notfall«, sagte Miranda mit tiefer Überzeugung.

»Vielleicht kannst du ja auch gleich dafür sorgen, dass Kevin nicht mehr in mich verliebt ist«, bat Elena. »Kann er das auch vergessen?«

»Oh – er ist in dich verliebt?« Monas Augen funkelten. »Ich fürchte, dagegen kann ich leider nichts tun. Die Liebe hat nämlich ihre eigene Zauberkraft ...«

»Schade.« Elena seufzte. Aber das, was Mona sagte, klang irgendwie einleuchtend. Elena nahm sich vor, mit Jana darüber zu reden.

Elena kam nicht mehr dazu, weiter darüber nachzudenken, denn Mona drängte zur Eile.

»Lasst uns das mit dem *Vergessenszauber* lieber gleich erledigen! Wer weiß, was den beiden Knaben sonst noch einfällt. Und wir dürfen kein unnötiges Risiko eingehen – gerade jetzt. Sonst haben wir am Ende wirklich noch die echte ZGPO auf dem Hals. – Wo, sagtest du, stecken die beiden?«

»Draußen im Schuppen«, antwortete Miranda.

Elena schloss die Augen bei der Vorstellung, dass Kevin und Oliver inzwischen vielleicht verschwunden waren. Hoffentlich hatten Nele und Jana das verhindert!

Doch Nele und Jana hatten gar nichts tun müssen. Kevin und Oliver waren völlig fertig. Sie schlotterten noch immer am ganzen Körper und waren totenbleich.

Oliver sah aus, als müsste er sich gleich übergeben, und Kevin lehnte kraftlos an der Wand.

»Na, ihr Hübschen.« Mona lächelte die beiden an. »Ihr habt heute Abend eine Menge gesehen, was ihr besser nicht mitgekriegt hättet.« Sie hob die Hand.

Kevin riss voller Angst die Augen auf.

»Wwwwas hhhaben Ssssie mit uns vor?«, stotterte Oliver.

»Nichts – außer dass ihr in Zukunft wieder ruhig schlafen sollt und alles vergesst, was nicht für eure Augen und Ohren bestimmt war.«, erwiderte Mona.

Sie zeichnete mit ihren Fingern einen Drudenfuß in die Luft. Das Zeichen schien aus violettem Rauch zu bestehen.

Kevin und Oliver wirkten so, als hätte ihr letztes Stündlein geschlagen. Sie taten Elena fast leid.

»Nele, hol die Polizei«, krächzte Kevin. »Bitte! Du bist doch meine Schwester! Lass es nicht zu, dass sie uns verhext!«

»Ich glaube nicht, dass es euch schadet«, sagte Nele und verschränkte die Arme. »Du und Oliver, ihr wart ein bisschen zu neugierig. Ihr habt es echt übertrieben!«

Jana schien die ganze Situation etwas unangenehm zu sein.

Mona starrte die Jungen an, ohne ein einziges Mal zu blinzeln. Dann sagte sie in beschwörendem Tonfall:

»Vergessen sollt ihr heute Nacht,
was nicht für euer Ohr gedacht!
Und alles, was ihr habt gesehen
und was an diesem Ort geschehen,
daran erinnert ihr euch nicht!
Es bleiben eure Lippen dicht!
Ihr wisst nicht, dass wir Hexen sind!
Denn alles löscht mein Zauberwind!«

Der Drudenfuß löste sich auf, aber die Luft blieb violett. Ein plötzlicher Sturmwind erfasste die beiden Jungen und brachte sie fast aus dem Gleichgewicht. Elena sah, wie Kevins Haare durcheinandergewirbelt wurden und er die Augen zusammenpressen musste. Oliver erging es genauso.

Dann war der Spuk schlagartig vorbei.

Kevin und Oliver blickten erst einander und dann Elena, Miranda, Nele, Jana und Mona an. Die Jungs schienen sich tatsächlich nicht mehr erinnern zu können, wie sie hierhergekommen waren.

»Wie … was … wo …«, stammelte Kevin.

»Ihr wolltet uns unbedingt nach dem Kino nach Hause bringen«, sagte Miranda und strich sich das Haar aus der Stirn. »Elena und ich haben euch gesagt, dass wir noch ein bisschen mit Nele und Jana zusammen sein wollen – und dass ihr nur stört. Aber ihr wart ja nicht zu bremsen. Genau wie ihr unbedingt die Cola trinken musstet, die euch ein paar ältere Mädels im Kino angeboten haben. Ich hab mir ja gleich gedacht, dass sie euch da was reingemischt haben, was nicht reingehört. Aber dass das gleich so eine Wirkung hat …«

»Auf dem Weg hierher habt ihr uns die ganze Zeit zugetextet, wie schlecht ihr den Film gefunden habt.« Elena stöhnte genervt. »Und zum krönenden Abschluss seid ihr dann hier im Garten einfach umgekippt – wie zwei Steine. Wir haben euch in den Schuppen geschleppt und wollten jetzt gerade den Notarzt anrufen.«

»Keinen Notarzt«, wehrte Oliver gleich ab.

»Bloß nicht!«, sagte Kevin.

Nele machte ein ernstes Gesicht. »Vielleicht waren es K.-o.-Tropfen, damit ist nicht zu spaßen!«

»Es geht uns echt wieder gut«, beteuerte Kevin. »Mein Gedächtnis kommt schon langsam zurück. Es war ein grauenhafter Film …«

»Schafft ihr es wirklich allein nach Hause?«, fragte Miranda skeptisch.

»Klar«, antworteten Kevin und Oliver.

»Ich glaube, Jana und ich gehen besser mit«, meinte Nele und zwinkerte Elena zu. »Um ganz sicherzugehen, dass mein Bruder und Oliver heil nach Hause kommen …«

»Könnten wir vorher vielleicht noch ein Glas Wasser bekommen?«, bat Kevin. »Ich glaube, ich habe noch immer den Geschmack von Cola im Mund …«

Nachdem Kevin und Oliver ihr Wasser getrunken und mit Nele und Jana abgezogen waren, kehrten Elena, Miranda und Mona ins Wohnzimmer zurück.

»Was bin ich froh, dass die Schnüffler weg sind!«, sagte Miranda und ließ sich erleichtert auf die Couch fallen. Elena setzte sich daneben und dachte an den sehnsüchtigen Blick, den Kevin ihr beim Tor zugeworfen hatte. Er war offenbar noch immer in sie verliebt …

»Was ist jetzt eigentlich mit dem HEXIL?«, fragte Elena dann. »Wenn Papa unschuldig ist und selbst die Obersten Zauberrichter eingeweiht waren, dann müssen wir doch nicht mehr im HEXIL bleiben, oder?«

»Ich nehme an, das entscheidet sich, wenn Papa zurückkommt«, sagte Jolanda. »Sicher können wir dann in die Hexenwelt zurückkehren.«

»Außer wir wollen unbedingt noch freiwillig hierbleiben«, ergänzte Mona mit ironischer Stimme. Sie kam gerade mit einem Glas Wein aus der Küche zurück. »Das kann ich mir allerdings nicht recht vorstellen.«

»Hm, aber jemand müsste ja die Forschungen über die Menschen fortführen«, meinte Miranda nachdenklich. »Und wir kennen uns ja schon ganz gut aus …«

»Das besprechen wir am besten alles mit Leon«, sagte Jolanda. »Hoffentlich dauert es nicht zu lange, bis er seinen Auftrag erledigt hat.«

»Ob er wirklich herausfindet, wo sich Mafaldus Horus versteckt?«, fragte Elena. »Oh, ich wünsche mir so sehr, dass es ihm gelingt und alles klappt!« Insgeheim hoffte sie, dass es nicht zu gefährlich war, was ihr Vater noch erledigen musste. Aber er hatte gesagt, dass sie ihm vertrauen sollten.

»Papa schafft es bestimmt!«, sagte Daphne und hielt den Daumen nach oben. »Mann – dass er uns so an der Nase herumgeführt hat! – Hach, ihr könnt euch nicht vorstellen, wie froh ich bin! Froh und stolz!«

Auch Elena war froh, dass sich alles so entwickelt hatte. Eine große Last war von ihrem Herzen genommen. Schade war es allerdings schon, dass Papa gleich wieder weggemusst hatte. Der kleine Rufus, der schon im Bett war, hatte ihn nicht einmal gesehen. Andererseits war es auch gut, dass der kleine Bruder nichts von den Ereignissen des Abends mitgekriegt hatte; das wären doch zu viele Aufregungen gewesen.

Und Papa kommt ja wieder, dachte Elena. Bald ... Dann wird er uns erzählen, was er gegen die *Schwarzen Zauberkutten* unternommen hat und wo Mafaldus Horus' *Versteck* gewesen ist!

Und Nele und Jana würden sicher Augen machen, wenn sie nachher am Telefon die ganze Geschichte erfuhren ...

Glossar

★ Amormagie:

Wenn eine Hexe verliebt ist, treten während des Schlafs oft Lichterscheinungen in der Nähe des Betts auf. Manchmal entstehen auch Gestalten und Figuren, die aber in der Regel zerplatzen, wenn jemand sie anspricht.

★ Gedankennotruf:

Verständigung ohne Hilfsmittel – direkt von Gehirn zu Gehirn. Da es sehr unangenehm sein kann, ist diese Art der Verständigung nur in Notfällen erlaubt.

★ Graue Zauberer:

Zauberer, die sich mit Angelegenheiten des Alltags beschäftigen und regelnd darauf einwirken. Sie benutzen nicht nur weiße, sondern auch graue Magie, um Strafen zu verhängen.

★ Großes Zaubereigesetzbuch:

Umfangreiches Gesetzbuch, das genauestens regelt, wer welche Zaubersprüche im täglichen Umgang anwenden darf.

★ Grüne Zauberer:

Zauberer, die im Einklang mit der Natur zaubern und für Harmonie und Ausgewogenheit sorgen.

★ HEXIL:

Längerer Aufenthalt in der Menschenwelt, meist zu Forschungszwecken.

✶ Höhere Zauberei:

Fortgeschrittene Magie, zu der die Erlaubnis erteilt werden muss.

✶ Kommunikationskugel:

Amulett, mit denen sich die Hexen und Zauberer in der Hexenwelt verständigen.

✶ Kopfkonferenz:

Methode, sich per Gedanken zu verständigen, ohne dass Außenstehende etwas davon mitbekommen.
Eine Kopfkonferenz kann am Anfang ziemlich anstrengend sein und muss eingeübt werden.

✶ Landeszauberamt:

Behörde, die unter anderem Reisen in die Menschenwelt regelt.

✶ Magic Scanning:

Untersuchung einer Person oder eines Tieres mithilfe von magischen Kräften, um festzustellen, ob die inneren Organe in Ordnung sind. Der Zauberheiler berührt den Patienten sanft und langsam. Dabei konzentriert er sich auf die inneren Bilder, die in seinem Kopf auftauchen. Auf diese Weise können Verspannungen und Blockaden entdeckt werden.

✶ Metamorphose:

Verwandlung in ein Tier (gehört zur höheren Zauberei).

✶ Oberamtszaubermeister:

Oberster Beamter des Landeszauberamts.

Outsider-Hill:

Hügelige, sehr schlechte Wohngegend für ausgestoßene und entehrte Zauberer- und Hexenfamilien.

Purpur-Bewegung:

Zauberrituale, bei denen die Farbe Rot eine wichtige Rolle spielt. Auch Blut wird verwendet.

Runensprache:

Uralte Sprache von großer magischer Kraft. Sie wird nur von wenigen Hexen perfekt beherrscht.

Schwarze Zauberkutten:

Geheimgesellschaft, die schon seit mehr als einem Jahrhundert verboten ist. Ihre Mitglieder beschäftigen sich mit schwarzer Magie und vollziehen verbotene Zauberrituale.

Transglobkom:

Amulett, das die Kommunikation zwischen Hexenwelt und Menschenwelt ermöglicht. Funktioniert im Prinzip wie eine Kommunikationskugel, hat aber größere Reichweite.

Veitstanz:

Unermüdliches Tanzen, oft tagelang, ausgelöst durch einen Zauberfluch. Die Opfer tanzen bis zur völligen Erschöpfung oder sogar bis zu ihrem Tod.

ZGPO:

Abkürzung für zauberische Geheimpolizei.